CHARLEMAGNE

ou

LA CAROLÉIDE.

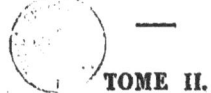

TOME II.

IMPRIMERIE DE LE NORMANT, RUE DE SEINE, N° 8.

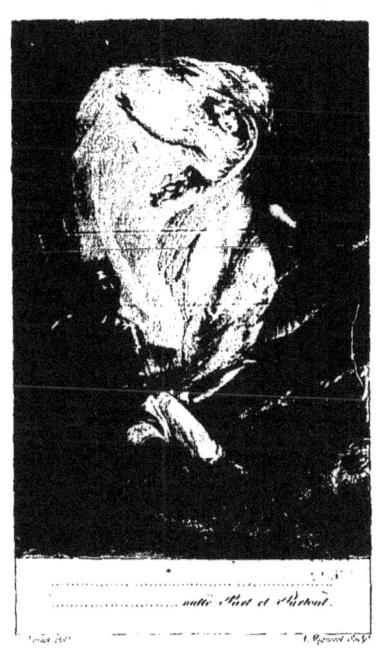

nulle Part et Partout.

CHARLEMAGNE

OU

LA CAROLEIDE

POËME ÉPIQUE
EN VINGT-QUATRE CHANTS,

PAR M. LE Vᵗᵉ D'ARLINCOURT (V TOR),

MAÎTRE DES REQUÊTES, CHEVALIER DE LA LÉGION-D'HONNEUR,

Orné de gravures, dessinées par M. Horace Vernet, gravées par MM. Bovinet
et Migneret; et d'un plan figuratif des lieux où se passe l'action du poëme.

TOME SECOND.

PARIS,

Chez
{
Le Normant, Imprimeur-Libraire, rue de Seine, n° 8;
Mᵐᵉ Vᵉ Renard, rue de Caumartin, n° 12;
Dentu, Delaunay, Libraires, Palais-Royal, galerie de bois;
Nepveu, Libraire, passage des Panoramas.

M. DCCCXVIII.

CHARLEMAGNE

ou

LA CAROLÉIDE.

~~~~~~

CHANT XIII.

Huit fois l'astre du jour avoit lui sur la terre,
Sans voir renouveler les horreurs de la guerre :
Tous les travaux du camp venoient d'être finis :
La paix sembloit régner entre les ennemis ;
Mais d'un calme si long, d'une si longue attente,
Charle, entouré des siens, s'indigne sous sa tente :
Sa blessure est guérie. « — O paladins ! dit-il,
» Notre repos pénible est un nouveau péril :
» Cherchant à nous tromper, Vitikind nous redoute ;
» Le calme qu'il nous laisse est un piége sans doute :
» Préparons une attaque. Olivier ! toi, ce soir (1),
» Seul, sans que l'ennemi puisse t'apercevoir,
» Monte au fort dont Bozon a su se rendre maître :

2.   1

» De la part de son roi remets-lui cette lettre :

» Dis-lui qu'avant trois jours il faut que ses soldats,

» Descendus dans la plaine, engagent les combats :

» Qu'ils commencent! l'armée achèvera le reste.

» Tous deux pressez l'attaque à nos rivaux funeste;

» Et m'instruisant du jour, la veille, pour signal,

» Plantez un drapeau blanc sur la tour d'Héristal.

     » Vous! sur le camp des preux, veillez, chefs intrépides!

» Epiez des Saxons les manœuvres perfides;

» Et n'oubliez jamais, fils de la loyauté !

» Que le lot des Français est l'immortalité. »

     Fier de sa mission, Olivier, le soir même,

Marche vers Héristal. Appui du diadême,

Renommé dans les camps par ses exploits hardis,

C'est le terrible Hector sous les traits de Pâris :

Mais souvent trop fougueux, par son imprévoyance,

Lui-même il s'enleva le fruit de sa vaillance :

Tout entier au présent, dédaignant l'avenir,

Jamais son cœur léger n'apprit à réfléchir :

Où son esprit l'entraîne, au hasard il s'élance;

Et ce n'est qu'en tombant qu'il sent son imprudence.

     Olivier, lentement, seul, dans l'ombre des nuits,

A déjà côtoyé le camp des ennemis :

Il suit les longs détours d'une route inconnue,

Et bientôt Héristal se présente à sa vue.

Poursuivant, plein d'espoir, son périlleux trajet,
Il a pressé ses pas; quand, près de la forêt,
Sur un tertre sauvage, ô surprise! ô merveille!
Des accords enchanteurs ont frappé son oreille...
Tout entier à l'objet qui captive ses sens,
Il vole vers l'endroit d'où partent ces accents :
Que voit-il?.. Almanzine au tombeau de son père!
En gazon, là s'élève un autel solitaire (2) :
Elle y jette des fleurs, et sa touchante voix
De ces chants douloureux fait retentir les bois.

    « Toi, que j'adorois, ô mon père!
» Ta fille maintenant est seule sur la terre!
» Hélas! du moins, pour toi, la mort, cher Réamour!
    » Ne fut que la fin d'un beau jour.
    » De deuil mon âme enveloppée
» Renonce au monde entier, vil séjour des pervers.
    » Oui, sous le coup qui m'a frappée
    » Tombe aussi pour moi l'univers.

    » De ton corps, ton âme captive,
» Brillante s'élança, tel que l'heureux convive
» Qui, paré, sort joyeux du banquet des héros,
    » Quand meurent les derniers flambeaux.
    » A tes biens, à ton héritage,
» Pour toujours je renonce... il ne faut à mon cœur

« Que tes vertus, ta douce image,
» Ton nom, ta cendre, et ma douleur. »

Ainsi chante Almanzine, en sa douleur plaintive.
Dans un calme profond, la nature attentive
Ecoute la guerrière avec ravissement :
L'onde au fond du vallon coule plus doucement :
Le zéphir étonné s'arrête dans la plaine :
Et des paisibles nuits la pâle souveraine,
Vers Almanzine en pleurs paroissant s'abaisser,
De ses tendres rayons descend la caresser :
Du jeune Endymion telle adorant l'image,
Diane se glissoit à travers le feuillage.
    Au-dessus du tombeau, sur des gazons naissants,
Un vieux saule courboit ses rameaux languissants,
Qui, brillants de rosée, en ce lieu solitaire,
Sembloient pleurer aussi sur l'urne funéraire.
« — Oh ! s'écrie Almanzine, arbre cher et sacré !
» Pleure sur le cercueil d'un vieillard vénéré...
» Mais, que dis-je ! son ombre en vapeurs invisibles
» Erre peut-être ici sur tes branches flexibles :
» Ton feuillage léger, qu'agitent les zéphyrs,
» Balance ses accents, m'apporte ses soupirs.
» O mon père ! à tes pieds vois ta fille éplorée !
» Bénis, bénis ta fille!.. » Alors, désespérée,
Almanzine du saule embrasse les rameaux :

Telle, chez le Natché, qui suspend ses tombeaux (3)
Aux arbres des forêts, une mère éplorée,
Seule, appelant encor une fille adorée,
Pour tromper sa douleur, pour se cacher son deuil,
Vient balancer la mort en berçant un cercueil.

Aux attraits d'Almanzine, Olivier trop sensible,
A l'entendre, à la voir, goûte un charme pénible :
Il s'élance vers elle... Imprudent Olivier!
Bozon, Charle, Héristal, tu vas tout oublier!
Loin de toi, maudissant un amour qui l'irrite,
La gloire, en gémissant, a déjà pris la fuite.
    A l'aspect d'Olivier tombant à ses genoux,
De ses armes couverte, Almanzine en courroux
Se lève. — « Défends-toi, dit-elle, téméraire!
» Viens-tu pour insulter aux cendres de mon père?
» Ton amour insensé, ton aspect odieux,
» Indignent sa grande ombre, et courroucent les cieux.
» Si tu sauvas mes jours, ennemi que j'abhorre!
» C'est un malheur de plus que je te dois encore :
» Tout m'est horrible en toi... Mais seul et dans la nuit
» Où portes-tu tes pas? quel dessein te conduit?
» Ah! sans doute, ton roi, monstre que l'enfer gâide,
» Dispose par tes soins quelque trame perfide;
» Mais je la déjouerai : je t'apporte en ces lieux
» Le trépas ou la honte, et peut-être tous deux. »

Se rappelant alors son devoir et la France,
Olivier, mais trop tard, connoît son imprudence :
« — Cruelle! lui dit-il, à tes pieds, en ce jour,
» Pour seul crime Olivier se reproche l'amour :
» Devrois-tu m'en punir?.. Oh! barbare ennemie!
» Tu veux plus que ma mort, tu veux flétrir ma vie :
» Le ciel a-t-il donc pu, trop fatale beauté!
» Unir à tant d'attraits autant de cruauté? »
　　Il dit : mais sa douleur en vain se fait entendre :
Le malheureux amant, forcé de se défendre,
Combat ce qu'il adore... et son cœur agité
Frémit de chaque coup que son glaive a porté.

　　Mais le bruit du combat, le cliquetis des armes,
Retentissent au loin... soudain un cri d'alarmes
Des postes avancés réveille les soldats;
Et bientôt Olivier, trop certain du trépas,
Se voit environné d'une horde sauvage.
Contre le nombre, hélas! que peut un vain courage?
Le paladin lui seul combat douze guerriers :
Déjà quatre Saxons expirent à ses pieds :
Mais, sortant à grands flots d'une large blessure,
Son sang de tous côtés inonde son armure :
Il s'épuise, il succombe, et d'un air triste et doux,
« — Almanzine! dit-il, je péris par tes coups :
» Tel est le prix affreux de la plus tendre flamme:

» Ah! puisse le remords ne point troubler ton âme!
» Chère Almanzine, adieu!.. Ton malheureux amant
» Te pardonne ta haine, et meurt en t'adorant. »

   Il dit, et quelques pleurs humectent sa paupière :
Il chancelle... expirant il tombe sur la terre :
Charle alors dans son cœur vient doubler ses regrets;
Et s'il succombe amant, il va mourir Français.

   O du perfide amour étonnante puissance!
Pendant tout le combat, immobile, en silence,
La farouche Almanzine admiroit Olivier :
La beauté, la valeur, les discours du guerrier,
Ses larmes, son pardon, sa généreuse flamme,
Font naître et le remords et l'amour dans son âme :
Tandis que les Saxons, sur Olivier mourant,
Transportés de fureur, lèvent leur fer sanglant,
Au milieu d'eux soudain la guerrière sauvage
S'élance, les arrête, et leur tient ce langage :
« — Saxons! oubliez-vous qu'en ramenant au camp
» Quelque chef ennemi, vaincu, mais existant,
» Un énorme salaire est votre récompense ?
» Craignez à ce héros de ravir l'existence :
» Votre maître jamais ne croira trop payer
» Ce noble paladin, par vous fait prisonnier.
» Ah! venez, modérant un courroux trop sauvage,
» D'une prise importante à vos chefs faire hommage. »

Elle dit, on l'approuve, Olivier, sur-le-champ,
Couché sur un brancard, est porté dans le camp;
Et la triste Almanzine, à ses remords livrée,
Toujours sur lui veillant, inquiète, éplorée,
Déguise sa douleur, et maudit le moment
Où son fatal orgueil a perdu son amant.

La beauté d'Olivier, ses souffrances extrêmes,
Attendrissent le cœur des barbares eux-mêmes :
Ainsi Philopœmen, guerrier trop imprudent (4),
Pris par les Messéniens, blessé mortellement,
Voyant ses ennemis verser sur lui des larmes,
Sembloit sur sa litière, étendu sur ses armes,
Non un foible captif mourant, ensanglanté,
Mais le sauveur d'un peuple, en triomphe porté.

Le brancard lentement sur la plaine s'avance :
Olivier, pour souffrir, a repris connoissance :
Mais malgré sa blessure et l'horreur de son sort,
Sa jeunesse robuste en impose à la mort,

Au monarque saxon bientôt on le présente :
L'illustre Vitikind étoit seul sous sa tente :
« — Parle, dit le héros au jeune prisonnier,
» Ton chef quel est-il ?—Charle.—Et ton nom ?—Olivier.
» — Sans doute, cette nuit, quelque projet perfide

« Attiroit en ces lieux ta jeunesse intrépide?

» Réponds! près de mon camp où portois-tu tes pas?

» Dévoile tout, ou meurs! — Tu m'offres deux trépas:

» Qui trahit sa patrie est soudain mort pour elle :

» Prince! de ces deux fins je choisis la plus belle :

» Qu'on me mène au supplice! — Olivier, que fais-tu?

» — Mon devoir. — Mais ta mort. — Me rend à la vertu :

» De fatales erreurs avoient souillé ma vie,

» Je redeviens par toi digne de ma patrie :

» Plus mes maux seront grands, plus j'expierai mes torts.

» — Prétends-tu me braver par ces fougueux transports?

» — Oui : nul ne m'a vaincu qui n'a pu me soumettre;

» Et captif, te bravant, je suis encor mon maître :

» Va, tu me fais goûter des plaisirs inconnus!

» Cesse d'interroger, je ne répondrai plus. »

Il dit; et conservant un silence farouche,

Calme et fier, aucun mot ne sort plus de sa bouche.

En vain le roi saxon se livre à sa fureur :

Du captif imprudent rien n'émeut le grand cœur :

A l'arrêt de sa mort, que Vitikind prononce,

Un dédaigneux sourire a servi de réponse.

Dans le camp des Saxons, du côté du Levant,

Non loin de la forêt, près d'un vieux monument,

Etoit une citerne antique et redoutée,

Depuis long-temps à sec, mais profonde et voûtée.

Quand les peuples du Nord fondirent en ces lieux,
La citerne, changée en un cachot affreux,
Devint l'effroi public, et menaçant abîme
Recéla les vertus plus souvent que le crime.

    Ainsi qu'Aristomène, à Sparte redouté (5),
Au fond du Céada* se vit précipité,
Dans le gouffre, Olivier, jeté presque sans vie,
Va subir les horreurs d'une longue agonie.

    De la nuit des tombeaux malheureux habitant!
Olivier! c'en est fait! vois la mort qui t'attend!..
Hélas! de tes erreurs c'est là le fruit horrible!
Léger, mais courageux; imprudent, mais sensible;
Du prince qui t'aimoit ton cœur trompant l'espoir,
En faveur de l'amour oublia le devoir.
Pleure, jeune Olivier, l'affront de l'esclavage!
Ton bourreau fut l'amour, ta honte est ton ouvrage.

    Mais tandis qu'Olivier, triste jouet du sort,
Appelle à son secours l'impitoyable mort,
Vitikind, sous sa tente, à ses guerriers s'adresse :
« — Amis! je connois Charle, et les piéges qu'il dresse :
» Quelque dessein secret, je dois m'en défier,
» Vers nos retranchements attiroît Olivier.
» L'adresse des Français sert trop bien leur furie;

* Voyez les notes

» Nous avons leur valeur, mais non leur industrie :

» Imitons-les; dressons des piéges sous leurs pas;

» Pour les combattre mieux, évitons les combats :

» Feignons de fuir, frappés d'une terreur soudaine :

» Les Français aussitôt descendront dans la plaine :

» Toujours impétueux, souvent irréfléchis,

» Avant d'être vainqueurs, ils nous croiront soumis.

» Nous, dans les défilés des montagnes voisines,

» Dont seuls nous connoissons les gorges, les ravines,

» Nous irons, par la ruse illustrant nos travaux,

» Préparer aux Français un autre Roncevaux.

   » D'un joug avilissant, ah! sauvons la patrie!

» Et bientôt sur ces bords que le Germain s'écrie :

» — De tant d'États conquis, de tant d'heureux travaux,

» Que reste-t-il aux Francs?.. pas même leurs tombeaux.

   » Croyez-moi, désormais, contre leur chef suprême

» Point de coups décisifs! toujours le stratagême!

» Pour armes contre lui n'employons que le temps :

» Les vivres manqueront à ses fiers combattants.

» Oui, sachons fuir pour vaincre, éviter pour surprendre;

» Toujours chercher, poursuivre, et ne jamais attendre. »

   Déroulant en ces mots le système fatal (6),

Dont Fabius jadis usa contre Annibal,

Il dit : mais Mondragant, insolent et farouche,

L'interrompt : — « Quel discours est sorti de ta bouche!

» Devant tes vils chrétiens, moi! je paroîtrois fuir!

» Non : je viens pour combattre et non pour m'avilir.

» Il fut un roi d'Argos, qu'une lyre immortelle (7)

» Eternisa, dit-on ; l'as-tu pris pour modèle ?

» Ce prince, au Simoïs, parmi ses legions,

» Ne haranguoit les Grecs qu'en leur disant : Fuyons !

   » Du fond de mes Etats, volant à ta défense,

» J'apporte la victoire, et promets la vengeance.

» Eh quoi ! ton noble cœur cèderoit à l'effroi !

» Que peux-tu craindre encor, quand je combats pour toi !

» De ton titre de chef prétends-tu te démettre ?

» Fuir c'est périr d'avance, effrayer c'est soumettre.

» Ah ! lorsqu'au mont Fintal, des preux tu triomphois,

» Est-ce en fuyant Geilon* que tu le combattois (8) ?

   » *Le Dieu des Francs*, dit Charle, *est le seul véritable;*

» *Pour lui s'arme le ciel ;* eh ! ce chef redoutable

» Comment le prouve-t-il ? Quels moyens, parmi nous,

» Prend-il pour nous convaincre ?.. Il nous égorge tous !

» Voilà ses saints efforts : son culte, ses apôtres,

» Son Dieu, me font pitié, plus encor que les nôtres.

» Contre leurs ennemis, ses chevaliers pieux

» Lancent un nouveau dogme, en ministres des cieux :

» Eh ! pour eux, en effet , que sont sur cette terre,

» Et ce dogme et leur Dieu ?.. des machines de guerre !

» Loin de nous ces mortels, monstres fanatisés,

   * Le connétable.

» Qui, prêchant sans pudeur leurs cultes insensés,

» Dans un ciel effrayant, peint par leur âme altière,

» Vont chercher un levier, pour soulever la terre.

» Ce pontife romain qui, dit-on, des Français,

» Représente le Dieu, que fait-il? ses décrets

» Changent l'usurpateur en prince légitime;

» Sacrent la tyrannie, et couronnent le crime*.

» Va, l'homme, en ce bas monde, occupe peu les cieux:

» Quelle preuve avons-nous qu'il existe des dieux?

» Qu'ils sachent aux mortels se faire mieux connoître!

» Moi je ne reconnois que moi seul pour mon maître :

» Si tu fuis les Français, j'abandonne ton camp;

» Je te laisse en tes monts t'égarer librement;

» Nul ne sait mieux que toi comment on prend la fuite(9).»

Mais le roi des Saxons que ce langage irrite,

Se lève furieux : — « Insolent allié !

» Dit-il, toi, dont mon cœur recherchoit l'amitié !

» C'en est trop ! désormais pour moi, sur ce rivage,

» Ta vue est un affront, ton secours un outrage :

» Mendier des bienfaits est indigne de moi :

» Retourne en tes États : on peut vaincre sans toi.

» Qui ne craint point le ciel fait honte à sa patrie :

---

* En 752, le pape Etienne III vint sacrer et couronner en France le père de Charlemagne, *Pépin* dit *le Bref*, chef de la deuxième dynastie, héros vaillant, grand prince, mais non héritier légitime du trône.

» L'honneur n'habite point dans le cœur d'un impie :

» La valeur à mes yeux n'est rien sans les vertus :

» Je ne puis t'estimer... tous nos nœuds sont rompus. »

    A ce noble langage applaudit l'assemblée ;

L'âme de Mondragant elle-même est troublée :

Il va sortir... Didier, le monarque lombard,

L'arrête. — « Vitikind, dit l'auguste vieillard,

» Eh quoi ! ton camp perdroit ce héros indomptable,

» Son plus illustre appui ! non, ton âme équitable

» De quelques mots trop fiers a tort de s'offenser :

» L'intérêt général avant tout doit passer.

» De l'altier Mondragant nous blâmons tous l'audace ;

» Mais il n'est point d'erreurs que sa valeur n'efface :

» Songe à ses grands exploits, pardonne à sa fierté ;

» Sa gloire est une excuse à sa témérité.

    » Prince ! ta renommée est assez établie :

» Toujours la calomnie a glissé sur ta vie :

» Rien ne peut de tes jours ternir l'éclat brillant :

» Règne sur ton courroux : guérriez noble et vaillant,

» Qui te couvris partout d'une gloire immortelle !

» Joins à tous tes lauriers cette palme nouvelle. »

    Le conseil applaudit ; et Harald, en ces mots,

S'adresse à Vitikind : — « Redoutable héros !

» Sur ces bords indomptés, ta prudente énergie,

» Tes exploits, dès long-temps ont illustré ta vie ;

» Cependant, permets-nous de blâmer tes projets :

» Jamais tes alliés ne fuiront les Français.

» Quand même reculer conduiroit à la gloire,

» D'avance, aux yeux des tiens, c'est flétrir la victoire.

» Courons repousser Charle, et que ses vaillants preux

» Soient par nous désormais tenus captifs chez eux !

» Au camp des lâches seuls que l'artifice règne !

» Un roi foible l'emploie, un héros la dédaigne.

» Même, parmi nos dieux, seul maudit par le sort,

» Lock*, prince de l'adresse, est père de la mort ;

» Et haï, méprisé, de ses ruses victime,

» Il rugit contre un roc suspendu sur l'abîme.

  » N'afflige point nos cœurs, en éloignant de nous

» Un prince valeureux, que nous estimons tous.

» Roi des Saxons ! ma voix est l'écho de l'armée.

  » Plus unis que jamais, marchons ! la renommée

» Illustre également le chef des Huns et toi :

» Aux légions du Nord conserve un puissant roi ;

» Rends-lui ton amitié : dans les champs de la gloire,

» Le trouble est la ruine, et l'accord la victoire. »

  Ainsi parle Harald, sans aigreur, sans détours :

Mille applaudissements couronnent son discours.

L'orgueilleux chef des Huns triomphe dans son âme ;

C'est son avis qu'on suit, sa valeur qu'on proclame.

Vitikind en gémit... Magnanime héros,

---

* Voyez sur *Lock* la note 13 du chant X.

Toujours grand, toujours noble, il prononce ces mots :

« — Amis! vous le voulez, à vos désirs je cède;
» Je renonce à mon plan, que le vôtre y succède!
» Attaquons les Français, et je vole aux combats;
» Le premier au péril je guiderai vos pas :
» Mais n'oubliez jamais, qu'à vos projets contraire,
» Vitikind vous ouvrit un avis salutaire.

» Des rois coalisés tel fut toujours le sort :
» Ah! si quelques instants entre eux règne l'accord,
» Ils croulent tôt ou tard ces colosses suprêmes;
» De leur destruction le germe est en eux-mêmes.

» Mondragant! on l'exige, eh bien! soyons amis!
» J'oublie et ton outrage, et tes discours hardis;
» De ta seule valeur Vitikind se rappelle.

» Fier de ta renommée, oh! rends-toi digne d'elle!
» Si tout homme s'abuse alors qu'il croit aux dieux,
» Du moins noble est l'erreur qui lui promet les cieux :
» Respecte-la!.. pour nous, nous plaindrons en silence
» Qui ne croit qu'au néant, et meurt sans espérance.

» Je ne t'offrirai point un orgueilleux pardon;
» Quelque noble qu'il soit, offensant est ce nom :
» Je t'offre l'amitié... Pour sauver ma patrie,
» S'il le falloit encor, je t'offrirois ma vie. »

Il dit : son héroïsme attendrit tous les cœurs :
Ces farouches guerriers sentent couler des pleurs.
Tel est de la vertu l'ascendant remarquable.

Sauvage ou policé, vertueux ou coupable,
Tout homme, quel qu'il soit, admire au fond du cœur
Tout ce que Dieu marqua du sceau de la grandeur.

Au milieu des Saxons, en un morne silence,
Mondragant contraignoit sa farouche arrogance :
Tandis que le Lombard, le Hun et le Saxon,
De deux grands souverains bénissent l'union,
Le jaloux roi des Huns, à la fureur en proie,
Dans les bras d'un rival feint une douce joie :
Mais tandis qu'il lui jure une éternelle paix,
Une ironie amère est empreinte en ses traits.

Harald! et vous, Didier, dont l'adroite éloquence,
A ce conseil de chefs, du Hun prit la défense,
Hélas! peut-être un jour maudirez-vous la voix
Qui s'éleva pour lui. Guerriers, juges et rois,
Point d'égards pour le crime! à l'impie anathème!
Plaindre et sauver un monstre est se perdre soi-même.

FIN DU CHANT TREIZIÈME.

2.   2

NOTES DU CHANT XIII.

(1) « .... Olivier, toi, ce soir.

Les vieilles chroniques parlent beaucoup d'Olivier comme de l'ami intime du fameux Roland.

(2) En gazon, là s'élève un tombeau solitaire;
     Elle y jette des fleurs.

Les peuples du Nord ne mettoient point de pompe dans leurs funérailles : leurs sépulcres étoient de gazon; et l'appareil des tombeaux, méprisé par eux, leur paroissoit à charge aux vivants et aux morts. « Ils quittoient bientôt le deuil, mais jamais le sou- » venir. » (Voy. TACITE, *De Mor. Germ.*)

(3) Telle, chez le Natché, qui suspend ses tombeaux
     Aux arbres des forêts.

Qui ne connoît la charmante description que fait l'auteur d'*Atala*, de ces mères des Natchés, qui suspendent leurs enfants aux branches d'un arbre voisin, et les bercent en chantant. Lorsqu'un de ces enfants vient à mourir, la malheureuse mère, confiant la dépouille de son fils aux mêmes rameaux, qui l'ont bercé plein de vie et de santé, vient tous les jours auprès de l'arbre tromper sa douleur en balançant un cadavre, qu'elle se figure être encore son enfant bien-aimé.

(4) Ainsi Philopœmen.............

Le célèbre Philopœmen, marchant contre *Démocrate* le Messénien, s'écarta imprudemment avec quelques guerriers aussi téméraires que lui : attaqué par les ennemis, Philopœmen, pour protéger la retraite de ses compagnons, s'arrêta plusieurs fois pour combattre, et finit par se trouver seul, cerné par une foule de soldats : aucun néanmoins n'osa le saisir; mais en l'accablant de traits, ils le poussèrent sur des rochers où son cheval s'abattit, et

l'étendit sur la place, baigné dans son sang. Les ennemis aussitôt
le lièrent et le transportèrent à Messène sur un brancard. Les
habitants de cette ville, à qui Philopœmen avoit rendu de grands
services, apprenant cette nouvelle, coururent tous au-devant de
lui, et le voyant ensanglanté, chargé de chaînes, ils suivirent ce
grand homme, en versant des larmes sur son sort. (Voy. TITE-
LIVE et PLUTARQUE.)

(5)   Ainsi qu'Aristomène, à Sparte redouté.

Cette aventure d'Aristomène a quelque chose de si merveilleux
que je ne puis résister au désir de la raconter ; tous mes lecteurs
peut-être ne la connoissent pas.

Aristomène, blessé, ayant été fait prisonnier, les Lacédémoniens
le firent jeter lui et ses compagnons dans le *Céada*, gouffre où l'on
précipitoit les grands criminels. Les compagnons d'Aristomène
furent tous brisés et tués par leur chute : le seul Aristomène se
releva sans fracture du milieu d'un monceau de cadavres : de là
quelques historiens ont avancé qu'un aigle, volant vers le héros,
du fond de l'abime, le soutint dans sa chute. Aristomène, tout
armé, resta deux jours entiers sans nourriture, attendant la mort:
le troisième, à la faveur d'une foible clarté, il aperçut un énorme
renard, qui se glissoit dans les ténèbres, pour chercher à se repaître
des corps déjà en putréfaction : il saisit aussitôt le renard par la
queue, et sans se laisser mordre, ni lâcher prise, il le suivit : par
des passages, tantôt larges, tantôt étroits, et presque impraticables,
il se fit traîner par son étrange libérateur, et à travers mille trous
obscurs arriva enfin à une ouverture d'où sortoit un rayon de
lumière ; alors, lâchant le renard, Aristomène rassembla toutes
ses forces pour élargir le trou, et se trouva enfin hors du souterrain : il parvint ensuite à rejoindre son armée.

(6)   Déroulant en ces mots le système fatal
           Dont Fabius jadis usa contre Annibal.

On sait que c'est par ce système que Fabius sauva Rome : c'est
par ce système que la foiblesse résiste à la force ; et de notre siècle
on ne l'a que trop essayé contre nos triomphantes armées.

2.

(1)   » Il fut un roi d'Argos qu'une lyre immortelle.

On a reproché justement à Homère de ne faire prendre la parole à Agamemnon dans le camp des Grecs que pour proposer la
fuite : aussi le roi d'Argos s'attire-t-il les reproches les plus mor-
tifiants. Au IXe livre, Diomède lui répond :

> » Tu n'as reçu des dieux qu'un vain titre en partage ;
> » Du sceptre en ta faveur le ciel a disposé,
> » L'empire du courage il te la refusé ;
> » Roi sans force ! »
>   (Traduction d'Aignan.)

Une autre fois Ulysse lui répond :

> » Timide roi , commande à des soldats timides,
> » Et cesse de régner sur des Grecs intrépides.
> » ....
> » Tais-toi , de tes guerriers tremble d'être entendu. »
>   (V. l. XIV, p. 293. Aignan.)

Et Agamemnon, le roi des rois ne s'en fâche point.

(2)   » Est-ce en fuyant Geilon que tu le combattais ?

Pendant que Charlemagne recevoit en Italie l'hommage de ses
peuples, Vitikind, révolté de nouveau, attaque à l'improviste les
troupes françaises , commandées par Geilon, et remporte une victoire au pied du mont Sintal. La supériorité de ses forces , et son
attaque imprévue , furent funestes aux Français ; mais cette bataille
coûta cher aux Saxons ; car elle irrita tellement Charlemagne,
qu'elle occasionna cet horrible massacre de quatre mille cinq cents
officiers saxons, auxquels la tête fut tranchée sur les bords de la
rivière Alare, vengeance horrible dont Charle se repentit.

(3)   » Nul ne sait mieux que toi comment on prend la fuite.

Ceux qui trouveront cette réponse trop insultante n'ont qu'à
lire Homère : Ulysse, Diomède , et autres, qui devoient être
moins sauvages et moins barbares que mon roi des Huns, adressent
à Agamemnon des discours bien autrement offensants. Au livre I,
Achille lui dit :

« Des rois le plus avare et le plus orgueilleux,

« Quel prix nouveau·· tu de tes faits merveilleux ?

» ···

» O prince avide et fourbe ! ivre d'un vain orgueil ! »

(Trad. d'Atunau.)

Voyez la note 7 de ce même chant.

FIN DES NOTES DU CHANT TREIZIÈME.

CHANT XIV.

CEPENDANT, l'œil fixé sur la tour d'Héristal,
De Bozon Charlemagne attendoit le signal :
Vaine espérance!.. Hélas! en sa douleur extrême,
Olivier, dans les fers, se maudissant lui-même,
Trompoit l'espoir de Charle, et pleuroit nuit et jour
Sa conduite, ses maux, sa vie et son amour.
« — Sur mes derniers instants, Mort! jette un voile sombre,
» S'écrioit-il, la vie est le songe d'une ombre.
» Demain, lorsqu'au tombeau je serai descendu,
» Eh! qui se souviendra qu'Olivier a vécu! »

    Deux jours s'étoient passés, la nuit couvroit la terre;
Au haut de la citerne une pâle lumière
S'offre aux yeux du captif, s'approche, et lentement,
S'augmentant par degrés, dans son cachot descend.
Que voit-il? un soldat qui, seul, d'un air farouche,
Détache ses liens, et sans ouvrir la bouche,
Lui fait signe aussitôt de le suivre... Olivier,
Foible et marchant à peine, obéit au guerrier.
De l'obscure citerne ils sortent en silence :
Le soldat inconnu vers la forêt s'avance;

Puis soudain s'arrêtant : — « Français! jeune héros!
» Dit-il, vous êtes libre... » Il veut fuir à ces mots;
Le paladin l'arrête. — « O moment plein d'ivresse!
» Almanzine! ta voix, ta voix enchanteresse
» A frappé mon oreille! Almanzine! est-ce toi!
» Ah! parle, parle encor! — Olivier! oui, c'est moi :
» Mais hâte-toi de fuir; songe que le temps presse :
» Veux-tu te perdre encor par ta folle tendresse!
» Jadis je périssois, et tu veillas sur moi;
» Je sauve aussi tes jours, je suis quitte envers toi :
» Adieu. — Non, Almanzine! amante que j'adore!
» Non, ne me quitte point sans me répondre encore :
» L'excès de mon amour a-t-il touché ton cœur? »
» — Laisse là ton amour, et songe à ton honneur,
» Lui répond la guerrière. Olivier! non, mon âme,
» Insensible à tes vœux, n'approuve point ta flamme.
» Va remplir ton devoir, va retrouver ton roi;
» Oublie et ta tendresse, et ta prison, et moi.
» Hélas! si pour l'amour mon cœur avoit dû naître,
» Olivier, c'est toi seul que j'eusse aimé peut-être. »
   A ces mots elle fuit : au milieu des forêts
Olivier, resté seul, à la joie, aux regrets,
Se livre tour à tour : de l'objet qu'il adore
Il espère être aimé, mais il en doute encore.
— Oublie, ô paladin! ton amour et tes maux!
Cesse enfin d'être amant, et redeviens héros!

2.   2*

Du côté d'Héristal, et vers la forteresse,
Olivier, qu'Almanzine occupe encor sans cesse,
Se dirige à pas lents : rêveur, léger, distrait,
Et toujours imprudent, le long de la forêt,
Il adopte au hasard une route incertaine.
Mais quel ruisseau de sang coule au pied de ce chêne!..
Le paladin surpris, d'horreur se sent glacé;
Il s'arrête... Chaque arbre est de même arrosé.
Ce singulier aspect, qui déjà le captive,
Egare sa pensée, et son âme attentive
Oublie encore Charle, Héristal et Bozon.

Un vaste monument, ténébreuse prison,
A travers la forêt, au fond d'une avenue,
Entouré de cyprès, se présente à sa vue :
Quel mystère!.. Quel est ce château?.. L'insensé
Brûle de s'en instruire, et s'enfonce, empressé,
Dans ces bois effrayants : mais, des murs homicides,
Dont il s'est approché, vingt prêtres, vingt druïdes,
Armés fondent sur lui... Sans fer, sans bouclier,
Que peut faire contre eux l'intrépide Olivier!
Le preux, se débattant, a rouvert sa blessure;
Et, sans force, traîné sous une voûte obscure,
L'imprudent, échappé des fers du roi saxon,
Sans changer de destin, a changé de prison.

Mais, au fort d'Héristal, Bozon n'a de son maître

Reçu ni l'envoyé, ni l'ordre, ni la lettre;
Et tandis qu'Olivier, dans un gouffre infernal,
En se rendant au fort, s'est plongé... sort fatal!
Bozon lui-même aussi déjà touche à sa perte.

Vers le nord d'Héristal, une roche déserte,
Montagne à pic, aux cieux lève son front glacé,
Qui, de frimas, de neige en tout temps hérissé,
Voit changer la nature, et seul reste le même.
Inspirant au vulgaire une terreur extrême,
Ce rocher est nommé *le mont des airs maudits.*
    Une ancienne chronique et d'étranges récits
Maintiennent l'épouvante au loin dans la campagne.
Bozon, que rien n'alarme, au pied de la montagne
Un matin s'est rendu : lorsqu'accourant vers lui,
Un bon vieillard l'arrête. — « O paladin hardi!
» Que faites-vous! daignez, sous ce paisible ombrage,
» Ecouter un récit, qui, transmis d'âge en âge,
» Pour ce mont redouté vous remplira d'horreur.
» Puis, malgré mes conseils, sur ce rocher, Seigneur,
» Si vous l'osez encor, montez en téméraire :
» A la mort Utherbal, n'ayant pu vous soustraire,
» N'aura plus qu'à pleurer votre infortuné sort. »
    Bozon surpris s'arrête; il cède sans effort
Aux désirs d'Utherbal, il s'assied, et l'écoute.
« — Ce mont, qui du trépas est aujourd'hui la route,

» Jadis, dit le vieillard, reprenant son discours,

» Fut le séjour des jeux, des chants et des amours.

» Ce mont fut quelque temps la demeure chérie

» D'un barde de Morven *, d'un dieu de l'harmonie,

» D'un ami de Fingal, de l'immortel Ullin (1).

» Lorsqu'abordant jadis les rives de Lochlin,

» Fingal eut triomphé des héros scandinaves,

» Ullin, roi des concerts, ami du chef des braves,

» Au palais de Starno, sur sa harpe chanta

» L'amante de Fingal, la belle Agandecça (2).

» Ce fut ce même Ullin, dont la lyre sonore (3)

» Emerveilla plus tard les vierges d'Inistore **,

» Lorsqu'aux murs d'Ictura, comme aux tours de Gormal (4),

» Ce barde valeureux suivoit l'heureux Fingal.

» Et lorsque de Selma*** le vieillard magnanime,

» Rendoit aux fils d'Erin leur prince légitime,

» Ton chantre, ô Témora! ce fut encor Ullin (5).

» Parcourant nos climats, ce voyageur divin

» S'arrêta sur ce pic, dont les sites sauvages

» L'avoient charmé : bientôt, presqu'au sein des nuages,

» Entouré de sa cour, de ses bardes fameux,

* *Morven*, ancien nom de la partie d'Ecosse qui est sur les bords de la mer au nord-ouest. *Morven*, signifie *chaîne de hautes montagnes*.

** L'île des baleines, dont il est souvent parlé dans Ossian.

*** *Selma*, palais de Fingal, roi de Morven.

» De ses chantres guerriers, des héros et des dieux,

» Ullin, s'établissant sur ce rocher funeste,

» Nomma *mont d'Ossian* * ce mont alors céleste.

» Au sommet fut un lac, limpide et spacieux,

» Qui prit le nom de *Lac des amours merveilleux.*

» De son sein s'élevoit une île renommée ,

» Un jardin enchanteur, dont la rive embaumée

» N'exhaloit que parfums : là, le palais d'Ullin

» Planoit sur les hauteurs, et ce séjour divin,

» Digne des cœurs sans tache, et des âmes vaillantes,

» Se voilant à demi de vapeurs odorantes,

» Retentissoit au loin des célestes concerts

» De ces bardes guerriers, chantres de l'univers.

» Un printemps éternel régnoit sur l'île heureuse :

» Là, des bardes en chœur la voix mélodieuse

» Montoit, en doux accords, jusqu'au palais des vents,

» D'où les nobles aïeux de ces chantres vaillants ,

» Princes aériens, commandoient aux orages.

» Là, sur les flots muets, et sur les rocs sauvages,

» Tremnor **, aux doux rayons de l'astre ténébreux,

» Dans des vapeurs, dit-on, se glissant nébuleux,

» Venoit, secret témoin de leurs paisibles fêtes,

* Ossian, fils de Fingal.
** Tremnor, aïeul de Fingal, père d'Ossian.

» Errer silencieux au-dessus de leurs têtes.

  » Transmis, mais de nos jours altéré par les temps,
» Tel se répète encor un de leurs anciens chants.

  » O braves de Selma! sur la harpe célèbre,
» Du héros disparu chantons l'hymne funèbre (6) :
» Au palais des frimas qu'il monte radieux!
» La céleste harmonie a droit d'ouvrir les cieux.

  » Là, dans un météore, et loin du lac fétide,
» Où, d'un noir brouillard ceinte, erre l'ombre perfide,
» Nobles fils de Fingal! planez, maîtres des airs,
» Tels que le dieu du jour éclairant l'univers!

  » Errez, divins aïeux, dans la salle des fêtes (7)!
» Mais n'apparoissez point sur le char des tempêtes,
» Le front cerné d'éclairs, courroucé, menaçant,
» Au haut du roc sauvage où rugit le torrent!

  » Que le son de la mort, harpe douce et plaintive!
» Ici n'échappe plus de ta corde expressive!
» Le héros ne meurt pas : ô barde redouté!
» L'homme de la victoire est la divinité.

  » Du moderne Selma les tours, les colonnades,
» Dominoient sur le lac entouré de cascades,

» Dont les flots bondissants rafraîchissoient les airs.

» Mais sur ces bords heureux, quelles voix, quels concerts
» Ont fait entendre au loin leur céleste harmonie !..
» Ullin chante les rois de la Calédonie,
» Les palais de Morven, les grottes du Lora *,
» Et surtout Ossian, ce barde de Selma,
» Dont les exploits guerriers, comme les chants célèbres,
» Ont du chaos des temps traversé les ténèbres :
» Astre qui, vu de loin, semble mieux resplendir ;
» Héros, que le passé devoit à l'avenir.

» Aux accords enchanteurs des harpes merveilleuses,
» Les filles d'Héristal, belles, mais curieuses,
» Du fond de la vallée, en foule, avec transport,
» Viennent prêter l'oreille aux sons des harpes d'or.
» O prodiges de l'art ! soudain, hors d'elles-mêmes,
» Dans les bardes d'Ullin voyant des dieux suprêmes,
» Sur le mont d'Ossian les vierges du rocher
» Entourent l'île... et là, ne pouvant s'arracher
» Des bords du lac d'amours, bords peut-être funestes,
» Veulent mourir aux sons des instruments célestes.
» A genoux sur la rive elles tombent ; les vents
» Aux bardes de Morven portent leurs doux accents :
» — Chantres sacrés ! ô dieux de la Calédonie !

* Lora, petite rivière qui couloit aux environs de Selma.

» Laissez nous aborder l'île de l'harmonie!

» Vous dresser des autels, nous consacrer à vous!

» Les filles d'Héristal tombent à vos genoux.

    » Les bardes étonnés, soudain jettent la lyre...

» Pour la première fois, l'amour et son délire

» Vers de jeunes beautés ont entraîné leur cœur.

» En vain des lois d'Ullin la sévère rigueur

» Défendoit aux mortels les approches de l'île;

» L'amour en un instant en rend l'accès facile.

    » Sur de légers canots les bardes amoureux

» Volent à l'autre bord... leur chef au milieu d'eux,

» Ullin rame lui-même... O transports d'allégresse!

» Chaque barde en ses bras a saisi sa maîtresse;

» Et, chargé du fardeau qu'idolâtre son cœur,

» Retourne à l'autre rive au comble du bonheur.

    » O délire des sens! ô voluptés célestes!

» Que vos feux enchanteurs ne sont-ils moins funestes!

» Pendant dix jours entiers, les plaisirs et les jeux,

» L'amour, les voluptés, les délices des dieux,

» Tous les enchantements d'une ivresse suivie,

» Descendirent sur l'île... Immortelle harmonie!

» Quel fut alors ton charme! heureux fils de Fingal!

» Combien, entre les bras des filles d'Héristal,

» Vous chantiez mieux l'amour et son délire extrême!

» Amour! pour te bien peindre il faut aimer soi-même!

« Mais des filles du lac l'enthousiasme éteint,
» N'est déjà plus qu'un songe, et le palais d'Ullin
» N'est plus temple habité par des dieux tutélaires :
» Leurs bardes ne sont plus que des mortels vulgaires :
» A l'admiration succède le mépris.
» L'amour n'entra pour rien dans leurs transports subits :
» Un passager délire, une soudaine ivresse,
» Le prestige des chants, la harpe enchanteresse,
» Avoient captivé seuls et leurs cœurs et leurs sens :
» Hélas! toutes déjà haïssoient leurs amants.
» Bientôt les harpes d'or, et leur douce harmonie,
» N'allument dans leurs cœurs qu'une jalouse envie.
» Trois mois se sont passés : fuir l'île est leur dessein :
» Mais un plus noir projet fermente dans leur sein.
» — Loin de ces bords, eh quoi! s'écrie une d'entre elles,
» En fuyant, ô mes sœurs! des harpes immortelles
» Nous n'entendrions plus les sons mélodieux!
» Quoi! plus de chants!.. hélas! le barde, aimé des cieux,
» A sa harpe doit tout, seule elle est sa magie;
» Perdant leurs instruments, tous perdroient leur génie.
» Ah! croyez-moi, volons ces trésors précieux,
» Ces talismans divins, et fuyons avec eux.
» Mes sœurs, seules alors nous charmerons la terre;
» Et, des confins du monde, une foule étrangère

» Viendra nous élever un temple et des autels,

  » Semblables aux neufs sœurs, dont les chants immortels

» Eternisèrent Saine *. Ah! loin de ces rivages,

» Courons de l'univers envahir les hommages.

  » Elle dit : à l'envi, les filles d'Héristal

» Applaudissent, hors une, au complot infernal.

» Un philtre endort Ullin et sa cour : la nuit même,

» Certaines du succès de leur noir stratagême,

» Toutes, sur des canots, d'un mutuel accord,

» De l'île heureuse ont fui, volant les harpes d'or.

  » Mais au réveil d'Ullin, ô rage! ô perfidies!

» Plus de chants, plus d'amour! de harpes, ni d'amies.

» Ullin tombe à genoux; et, tout à ses fureurs,

» — *Fingal! s'écria-t-il, Ossian! dieux vengeurs!*

» *Qu'un châtiment affreux punisse ces perfides!*

  » Il dit : au même instant, dans leurs courses rapides,

» Les filles d'Héristal, par un vent furieux,

» Accompagné d'éclairs, de tonnerres, de feux,

» Jusqu'aux rives du lac se sentent repoussées.

» Le mont tremble... Déjà, ces jeunes insensées

» Ont vu le sol s'ouvrir... Leur corps s'est aminci,

» Leurs pieds prennent racine, et leur front rétréci,

» Sur le funeste bord d'un lac jadis limpide,

    * Voyez sur les vierges de Saine la note 3 du VIe chant.

» Que le courroux des cieux vient de rendre fétide,
» Se penche en murmurant... O bizarres tombeaux !
» Les filles d'Héristal se changent en roseaux.

» Une seule beauté, plus simple, plus timide,
» Fut volage, dit-on, mais ne fut point perfide :
» Sans voler son amant, la jeune Elma s'enfuit ;
» L'amour eût pardonné, le juste ciel punit.
» Seule elle conserva sa forme... mais plaintive,
» Au milieu des roseaux, errante sur la rive,
» Elle fut condamnée à voir finir ses jours.

» Pour consoler, dit-on, l'objet de ses amours,
» Le jeune amant d'Elma, quittant l'île funeste,
» En partant lui fit don de sa harpe céleste.

» Du rocher d'Ossian, roc maudit par Ullin,
» Les bardes voyageurs disparurent soudain ;
» Et dans le Nord, sans doute, à Morven retournèrent.
» De fétides vapeurs sur le lac s'élevèrent :
» Les grottes, le palais, les jardins enchantés,
» Foudroyés par le ciel, périrent dévastés.
» L'île, changeant de nom, devint l'*île barbare*;
» Et le *lac des Amours* fut le *lac du Ténare*.

» Constamment agités par le courroux des vents,
» Autour du lac fatal les roseaux mugissants,
» D'un lugubre concert font retentir les rives.

2. 3 .

» O filles d'Héristal! ce sont vos voix plaintives!
» Mais sont-ce là les chants qui, charmant les mortels,
» Devoient faire fumer l'encens sur vos autels!..
» Où sont vos harpes d'or, les peuples, leurs hommages?..
» Seuls vers vous en grondant roulent les flots sauvages!

    » Seigneur! depuis le jour où disparut Ullin,
» Sur l'île abandonnée, un fantôme assassin
» Va planant... et, parmi les brouillards et les glaces,
» De longs cris... — C'est assez : vieillard, je te rends grâces, »
Dit Bozon brusquement : il se lève à ces mots;
Il s'éloigne... Utherbal suit des yeux le héros :
« — Où portez-vous vos pas? — Sur ce mont redoutable.
» — Qu'entends-je! mais, Seigneur, une fin déplorable...
» — Et que t'importe! — O ciel! quoi ces détails affreux!..
» — N'ont fait que redoubler mes désirs curieux.
» Utherbal! dans mon cœur, ton histoire étonnante
» Change un simple désir en une ardeur brûlante.
» — Mais, Seigneur... — Laisse-moi. — Mais écoutez... — Vieilla
» Silence encor, te dis-je! » A ces mots, son regard
S'enflamme de courroux : toujours brusque et farouche,
Repoussant le vieillard dont il ferme la bouche,
Il gravit la montagne, et bientôt satisfait,
Sans crainte et sans obstacle, il parvient au sommet.

    Sur un plateau désert, d'une immense étendue (8),

Un lac marécageux se présente à sa vue,
Entouré de roseaux et couvert de vapeurs.
Un vent glacé du Nord, sur ces bords destructeurs,
Semble pousser au loin des plaintes lamentables :
Tels, du lac de Légo, les brouillards effroyables (9),
Dernier séjour du barde ennemi de l'honneur,
Murmuroient sourdement les sons de la douleur.

Là, semblable à l'Oscar * du prince des nuages,
Bozon prête l'oreille à la voix des orages :
Tour à tour sur le mont, règnent, tyrans des airs,
La foudre ou les glaçons, la neige ou les éclairs :
De l'étang sulfureux, tantôt les eaux stagnantes
Exhalent un vent froid ou des vapeurs brûlantes :
Et parfois, échappé des brouillards nébuleux,
Dardant sur les frimas, l'éclair les change en feux.

Bozon marche à travers la vapeur malfaisante :
Il voit l'île ; il s'approche : une voix ravissante
Alors d'accents plaintifs vient charmer ces déserts :
Bozon court vers le lieu d'où partent ces concerts...
O surprise ! il y voit une beauté céleste
Négligemment penchée, auprès du bord funeste,
Sur une harpe d'or... des éclairs lumineux
Semblent jeter sur elle une écharpe de feux ;

---

* Il y eut plusieurs Oscar fameux chez les bardes. L'Oscar, fils
d'Ossian, est le plus renommé.

3.

Et la vierge du lac, belle, à la fleur de l'âge,
Des filles d'Ossian offre à Boson l'image.

Elevant vers le ciel ses yeux chargés de pleurs,
La fille du désert va chanter ses malheurs :
Boson s'arrête, écoute, il admire, et son âme,
Pour la première fois, s'émeut pour une femme.

          « O héros de Morven! ô bardes de Selma!
               » Vous, qui régnez sur les orages,
               » Du palais flottant des nuages,
               » Ecoutez la fille d'Elma!

          » O fille d'Héristal! aïeule trop coupable,
          » Dont je porte le nom!,. la terre du sommeil
          » Te couvrit, sans cacher ta faute impardonnable;
          » Et l'obscur tourbillon t'engloutit au réveil.
               » Armé du sceptre des orages,
          » Ossian de ces bords maudit les noirs brouillards;
          » Et nul astre serein, dissipant les nuages,
               » Ne brilla plus à tes regards.
               » Ici, dit-on, l'astre de la nature
               » Des criminels s'éloigne avec effroi ;
                 » Mais cependant mon âme est pure,
               » Et nul astre ne luit pour moi.

          » Dernier don de l'amour, ô harpe enchanteresse !

» Jadis tu célébras la gloire et le bonheur;

» Mais Elma, gémissante, ignorant l'allégresse,

» Ne sait chanter que la douleur.

» Non loin de ma tombe inconnue,

» O ma harpe! si, détendue,

» De quelques chasseurs égarés

» Tu viens jamais frapper la vue,

» Hélas! de mes jours ignorés

» La trace sera disparue :

» Nul mortel même ne saura

» Que tu fus la harpe d'Elma.

» Lieux jadis enchanteurs! temple divin des fêtes!

» Hélas! qu'êtes-vous devenus!..

» Fingal, Ossian, ne sont plus;

» Vous n'entendez ici que la voix des tempêtes.

» Où sont vos palais redoutables?

» Ils sont tombés, de mousse et de ronces couverts;

» Seul, sur leurs débris lamentables,

» Siffle l'ouragan des déserts.

» Nuage! entr'ouvre-toi!.. du sein des météores,

» Oh! laisse jusqu'à moi se pencher mes aïeux!

» Laisse-moi voir flotter leurs voiles nébuleux!

» Et contempler leurs lances de phosphores!

» Célestes vierges de Selma!

» Ceintes d'écharpes lumineuses,
» Compatissantes quoique heureuses,
» Oh! plaignez le destin d'Elma!
» Inconnue à la terre, hélas! plante sauvage,
» Balancée au hasard par les vents de l'orage,
    » Elma, fleur des rochers déserts,
    » Que le malheur semble poursuivre,
    » De nom seul connut l'univers,
    » Et mourut sans avoir pu vivre. »

A ces tristes accents, Bozon s'est élancé
Vers la vierge du lac, dont les chants ont cessé...
Surprise à son aspect, la jeune enchanteresse
Recule, pousse un cri... mais un cri d'allégresse :
Puis courant vers Bozon : — « Etranger généreux!
» N'est-tu pas du grand astre un rayon lumineux?
» Oh! réponds-moi!.. Viens-tu, de la voûte orageuse,
» Au palais des éclairs m'enlever radieuse?
» Parle, fils d'Ossian!.. » A ces étranges mots,
« — Inconcevable fille! interrompt le héros,
» Quel est ton nom?—Elma.—Mais ton père, ta mère?..
» Vivent-ils?..—Non. Tous deux, quand j'ouvris la paupière,
» N'étoient plus... Ah! sans doute, auprès de leurs aïeux,
» La robe de vapeurs ceint leurs flancs nébuleux (10).
» — Ton destin quel est-il? — Une affreuse tempête
» A battu ma jeunesse; et, sifflant sur ma tête,

» L'aquilon... — Mais, dis-moi : sur ce mont désastreux,

» Qui prend soin de tes jours?.. — Athmerson, monstre affreux,

» Souverain de ces bords, me tient en sa puissance :

» Jamais ne l'ont touché les pleurs de l'innocence :

» Semblable aux flots grondants du torrent des déserts,

» Ici sa voix tonnante est la foudre des airs :

» Et jamais en mon cœur l'espérance attrayante

» N'a lui, tel qu'un feu pur perçant l'ombre fuyante.

» — Où vit cet Athmerson? — Dans l'île : son palais

» Sur la hauteur s'élève, et trois monstres en paix,

» Là composent sa garde, et me tiennent captive.

» Seigneur, je n'oserois m'écarter de la rive;

» De ma témérité la mort seroit le prix.

» Athmerson constamment m'observe; je ne puis

» Que traverser parfois ce lac, ces flots sauvages,

» Tourmentés nuit et jour par l'esprit des orages.

» — Je cours aborder l'île, infortunée Elma !

» Sous ce glaive vengeur Athmerson périra :

» Qu'il tremble le tyran que l'innocence abhorre?

» — Ainsi parloit Fingal, le roi du météore;

» Ainsi jadis ce prince, amoureux et vaillant,

» Promit à son amante, au palais de Swarant,

» Contre tout ennemi son appui tutélaire;

» Hélas! et cependant, de la main de son père,

» Devant Fingal lui-même, Agandecca périt *.

* Voyez la note 2 de ce chant.

» Mais, divin inconnu! seul, sur ce roc maudit,

» Quel espoir est le tien? d'Elma que veux-tu faire?

» — J'immole le tyran qui te tient prisonnière :

» Puis... voudras-tu me suivre, et fuir cette île?—Hélas!

» Ce féroce Athmerson... tu ne le connois pas :

» Le vieillard de Selma lui légua son courage :

» Et sa lance fatale est un fer qui ravage.

» — N'importe! il périra... Mais veux-tu de ton sort

» Que je dispose?..—Moi! grands dieux! avec transport !

» Mais d'un rameau d'argent, d'un talisman perfide,

» Dépendent mes destins... le héros intrépide

» Qui s'en emparera, seul peut veiller sur moi :

» C'est la loi de Fingal. — Va, je puis tout pour toi :

» Où trouver ce rameau? — Dans la grotte enchantée,

» Au milieu des jardins de l'île redoutée.

» — J'y vole. — Arrête encor, téméraire guerrier !

» Les plus affreux périls... — Pourroient-ils m'effrayer !

» Laisse-moi. » S'élançant vers l'onde mugissante,

Bozon repousse Elma, pâle, foible, tremblante;

Et seul sur un canot s'embarque... Au même instant,

Elma, bravant la mort, au bord du lac stagnant,

Forme un léger radeau de branches rassemblées,

S'y jette, et suit Bozon sur les ondes troublées.

Elle vogue... Sa voix appelle son ami;

Et ces tendres accents parviennent jusqu'à lui :

« — Toi, qui luis à mes yeux plus brillant que l'aurore,

» Ton sort sera le mien... ô guerrier que j'implore !
» Va, fuis-moi, j'y consens, s'il peut naître pour toi,
» Quelque être qui jamais t'admire autant que moi.

     » Vents doux et caressants, qui, sur l'onde orageuse (11),
» De Faïna jadis, errante et malheureuse,
» Poussiez l'esquif léger sous les murs de Selma,
» Vers ce nouveau Fingal guidez de même Elma. »

Bozon vient d'aborder : l'île lui semble immense.
Vers la grotte enchantée à grands pas il s'avance.
Au loin il aperçoit le palais d'Athmerson,
Vieille tour en débris, ténébreuse prison.
De ces lieux on l'observe... Il le remarque à peine :
Un invincible attrait vers la grotte l'entraîne.

     Il la voit : son aspect n'offre rien d'effrayant.
Sur un sable émaillé, sous un tertre riant,
S'enfonce, couronné de paisibles ombrages,
Un antre spacieux, voûté de coquillages ;
Un demi-jour l'éclaire, et des joncs enlacés
Offrent un banc rustique aux voyageurs lassés.

     Dans la grotte aussitôt Bozon se précipite :
Trois fois il la parcourt, et trois fois il s'irrite ;
Nul rameau ne se montre à son regard perçant.

     Soudain brille à ses pieds un éclat vacillant ;
C'est le rameau fatal : Bozon, sans méfiance,
Déjà s'en croit le maître, et plein d'impatience,

Vers la terre courbant son front audacieux,
Veut saisir... mais le jour se dérobe à ses yeux...
Sa force l'abandonne ; il tombe, ô perfidie !
Bozon, sans mouvement, semble déjà sans vie.

FIN DU CHANT QUATORZIÈME.

NOTES DU CHANT XIV.

(1)   D'un ami de Fingal, de l'immortel Ullin.

Ullin, ami fidèle de Fingal, suivit dans toutes ses courses ce héros immortel, combattit partout avec lui, et chanta les exploits des enfants de la Calédonie. Il est question de lui dans tous les poëmes d'Ossian. Au IVᵉ chant du poëme de Fingal, le père d'Ossian, voyant ses guerriers prêts à fuir devant l'ennemi : — « Va, Ullin, » mon antique barde, dit-il, va soutenir par tes chants le courage » chancelant de mes guerriers. »

(2)   L'amante de Fingal, la belle Agandecca.

Fingal, ayant triomphé de Starno, roi de la Scandinavie, ce dernier fit offrir au chef écossais sa fille Agandecca en mariage, et l'engagea à venir conclure cet hymen dans son palais. « Le roi des » neiges méditoit la mort du héros, en lui donnant la fête de » l'amitié : Fingal, qui se défioit de l'ennemi, y parut couvert de » ses armes... Ullin, le barde de Fingal, cette voix mélodieuse de » Cona, s'y faisoit entendre : il chante les louanges de la fille du » roi des neiges, et la gloire du héros de Morven. » (Poëme de Fingal, chant III, p. 55, t. I, trad. de LETOURNEUR.) Agandecca, éprise de Fingal, prévint son amant des noirs desseins de son père, et Starno, se voyant découvert, fit venir Agandecca, et furieux lui perça le sein de son épée. Fingal vengea sa mort, et emporta son corps en Ecosse.

(3)   Ce fut ce même Ullin, dont la lyre sonore
        Emerveilla plus tard les vierges d'Inistore.

Fingal, revenant d'une province romaine, où il avoit été faire une expédition, résolut de visiter Catula, roi d'Inistore, île scandinave : et il est dit dans le poëme du Carricthura : — « Là, Ullin

» entonna des chants d'allégresse; ses accents réjouirent les col-
» lines d'Inistore. » (Voyez la traduction de LETOURNEUR, t. I,
pag. 196.)

(4)   *Lorsqu'aux murs d'Istura comme aux tours de Gormal.*

Istura ou Carrictura étoit le palais de Catula, roi d'Inistore.
Le Gormal, en Scandinavie, étoit la résidence ordinaire de Starno,
ennemi juré de Fingal, et toujours battu par lui.

(5)   *Toi chantre, ô Témora! ce fut encor Ullin.*

Cairbar, roi d'Atha, en Connaught, assassina le jeune Cormac,
héritier du trône d'Irlande alors nommé Erin, et se rendit, sans
obstacle, maître de ce royaume; mais Fingal, qui, dit-on, ne fut
jamais vaincu, et qui fut surnommé le *Roi des Victoires*, descendit
en Irlande, remporta sur Cairbar la fameuse bataille de Témora,
et rétablit, sur le trône d'Erin Ferad-Artho, seul rejeton de la
famille de Cormac, et roi légitime. A la tête des cent bardes chantres des combats, Ullin célèbre les exploits de la bataille de Témora.
(Voy. *Poëme d'Ossian, bataille de Témora*, t. II, p. 66, trad. de
LETOURNEUR.)

(6)   *Du héros disparu chantons l'hymne funèbre.*

Les bardes, disciples des druïdes, et druïdes eux-mêmes, chan-
toient les héros et les dieux. Nul héros ne pouvoit entrer dans le
palais aérien de ses pères, si les bardes n'avoient chanté son hymne
funèbre : l'hymne funèbre ouvroit aux guerriers morts la porte du
palais des nuages : si on oublioit cette cérémonie, l'âme restoit
enveloppée dans le brouillard du lac Lego.

(7)   *Errez, divins aïeux ! dans la salle des fêtes ;*
            Mais n'apparoissez point sur le char des tempêtes.

Quand le roi se préparoit à quelque expédition, un barde se
rendoit à minuit dans la *salle des fêtes ;* il entonnoit le chant de
guerre, et invitoit trois fois les ombres des anciens héros à con-

templer les exploits de leurs descendants. Si les ombres apparois-
soient dans cette salle, la victoire paroissoit devoir être certaine :
quand elles se montroient au milieu des tempêtes, au bord des
torrents, elles annonçoient de grands malheurs.

(8) Sur un plateau désert, d'une immense étendue.

Ce chant fut composé au milieu des montagnes de Barèges, et
dans un lieu absolument semblable au mont d'Ossian, qui paroît
si extraordinaire : je décrivois ce qui étoit sous mes yeux; et je puis
affirmer que je n'ai rien exagéré. Entre Barèges et Banières est une
montagne à pic, au sommet de laquelle est un plateau désert : sur
ce plateau est un lac marécageux assez vaste, entouré de roseaux,
couvert de vapeurs malsaines, et au milieu duquel est une île fort
jolie, où se trouvent de jolies grottes et des bosquets fleuris. L'air
y est si changeant, que tantôt on y gèle, tantôt on y étouffe.

(9) Tel du lac de Légo, les brouillards effroyables.

Suivant l'opinion des Calédoniens, les méchants et les barbares
étoient exclus de la demeure des héros, et condamnés à errer sur
les vents. Dans les brouillards épais du lac de Légo, gémissoient les
âmes des bardes qui n'avoient pu être admises aux palais des
nuages. (Voy. la description de ce lac fétide au commencement
du chant VII de la bataille de Témora, Poëme d'Ossian.)

(10) La robe de vapeurs ceint leurs flancs nébuleux.

Ceux qui trouveront le style d'Elma trop étrange n'ont qu'à lire
les poëmes d'Ossian; ils verront que j'ai conservé exactement la
teinte et la couleur ossianique. Elma est l'image fidèle des vierges
de Selma.

(11) Vents doux et caressants, qui, sur l'onde orageuse,
      De Faïna jadis.......

Faïna, ou Faïna-Sollis, fille du roi de Craca, fuyant Borbar,

roi de Sora, qui lui étoit destiné pour époux, s'échappa du toit
paternel, et vint se réfugier à la cour de Fingal, dont elle implora
l'assistance. Borbar poursuivoit Faïna, il débarque en Ecosse,
et meurt sous les coups de Fingal. (Voyez le Poëme de Fingal,
chap. III, p. 65.)

FIN DES NOTES DU CHANT QUATORZIÈME.

CHANT XV.

La fille du Chaos, taciturne et voilée,
Par degrés descendant de la voûte étoilée,
Faisoit rouler son char, lorsque Charle, en secret,
Sous sa tente, conçoit le plus hardi projet.
Il appelle Angilbert : du prince magnanime
Ce guerrier est l'ami, le confident intime.
« — Angilbert, lui dit-il, sur la tour d'Héristal,
» Ce matin de Bozon j'attendois le signal;
» Nul drapeau cependant ne s'y déploie encore :
» Sans doute à nos regards, vers la naissante aurore,
» Demain il paroîtra; mais Charle, cette nuit,
» Voudroit avant l'attaque, au mont voisin d'Arnith,
» Du Veser avec toi longeant le bord paisible,
» Des feux de l'ennemi s'approcher invisible :
» Du haut de la montagne, observant les Saxons,
» Leur quartier le plus foible, et leurs positions,
» Nous saurons mieux où vaincre : aux champs de la victoire,
» Angilbert, par la ruse on prélude à la gloire. »
Il dit; et leur départ se dispose en secret.
   Irmensul, à l'instant, instruit de leur projet,
S'offre au roi des Saxons sous les traits d'un druïde :

« — Chef! deux Francs, cette nuit, dit le vieillard perfide,
» Espèrent, parmi nous, dans l'ombre se glissant,
» De leur glaive assassin te frapper lâchement.
» Cache ce noir complot à ta troupe fidèle,
» Et daigne, ô roi du Nord! confier à mon zèle,
» Pour veiller sur nos camps, un de tes bataillons. »
    Il dit; son vœu s'exauce; et le chef des Saxons,
Satisfait de son zèle, et sûr de sa prudence,
Remet entre ses mains le soin de sa vengeance.

    Près d'un vieux fort détruit, où Charle doit passer,
Dans les bois, sous des rocs que le temps sut creuser,
Le vieillard s'est rendu, visite ces lieux sombres,
Et place une embuscade au milieu des décombres :
Puis le monstre commande à ses nombreux soldats,
D'immoler deux héros par deux assassinats.

    L'astre du jour couché cédoit sa place aux ombres;
L'horizon se couvroit de quelques teintes sombres;
On distinguoit encor les objets d'alentour;
Ce n'étoit point la nuit, mais l'absence du jour :
Charle sort de sa tente, Angilbert l'accompagne :
D'Arnith un bois épais leur cache la montagne :
Au sein de la forêt ils dirigent leurs pas,
Et suivent un sentier... qui les mène au trépas.
    Sur eux des noirs sapins s'étendoit l'ombre obscure;
Un calme harmonieux régnoit sur la nature;

Les zéphyrs enchaînés dormoient dans leurs prisons ;
Et la voix des échos ne répétoit nuls sons :
Bientôt les paladins, non loin de l'embuscade,
D'un rocher ténébreux vont traverser l'arcade ;
Ils n'ont qu'un pas à faire, et sont perdus tous deux.

   D'un brouillard, à l'instant, le rocher sourcilleux
Se couvre... le vent siffle... une cloche invisible,
Du milieu des vapeurs, tinte... et signal horrible !
Soudain un glas funèbre épouvante les airs...
Charle frémit... s'arrête... alors des rocs déserts
Fuit la brume tremblante ; et, puissance magique,
Un barde enveloppé du manteau druïdique,
Blanche apparition, ressort mystérieux
Des ténèbres du bois... L'inconnu, vers les preux,
Etend un rameau d'or, enlacé d'immortelles :
Du sceptre ont, sur le roc, jailli mille étincelles :
« —Guerriers !.. une embuscade est dressée en ce lieu...
» Charlemagne ! Angilbert ! éloignez-vous... Adieu ! »

   Sur l'oracle, à ces mots, de la voûte éthérée,
Descend, en doux rayons, une flamme azurée :
Tel qu'Apollon sortant de son temple entr'ouvert,
Apparoît lumineux l'enchanteur du désert.

« — Cloche d'alarmes ! paix !.. dit l'envoyé céleste,
» O Charle ! hâte-toi ... fuis ce sentier funeste...
» Peux-tu me méconnoître !.. évitant ton regard,
» Je suis, pour ton salut, PARTOUT ET NULLE PART. »

a.   4

Le barde merveilleux, à ce nouveau langage,
Change rapidement et de forme et d'image :
Son manteau s'ouvre... tombe... et, sous des voiles blancs,
La vierge des forêts offre ses traits charmants :
Telle, aux fils redoutés du prince des orages,
Silphide, soulevant son voile de nuages,
Du fond d'un météore, au sommet du Cromla*,
Jadis apparoissoit la douce Malvina**.

Charle! c'est ton Ulnare!.. Il s'élance vers elle...
Mais, hélas! pour gravir une roche cruelle,
Tous ses efforts sont vains... Son espoir est déçu...
La clarté s'est éteinte... Ulnare a disparu.

Oubliant un instant l'embuscade perfide,
Angilbert contemploit la céleste druïde :
Le feu de ses regards, l'éclat de sa beauté,
Portent l'enchantement dans son cœur agité :
Long-temps, après sa fuite, il croit la voir encore.
Courant vers le héros que la prêtresse adore,
« — Grand Dieu! quelle immortelle, ô roi des paladins !
» Veille ainsi sur vos jours? Ah! l'ange des destins,
» Vers vous, du haut des cieux, en ce climat barbare,

* Cromla, ancien nom d'une montagne de l'Ulster, province
d'Irlande.
** Malvina, fille d'Ossian.

« Descend, notre sauveur, sous la forme d'Ulnaro. »
    A travers le taillis, Angilbert, à ces mots,
Evitant l'embuscade, entraîne le héros;
Et se frayant dans l'ombre une route inconnue,
De l'immense forêt ils atteignent l'issue.

    La montagne d'Arnith alors s'offre à leurs yeux:
Sur les bords ennemis son plateau spacieux
De toutes parts domine : ardent, infatigable,
Charle gravit du mont le sommet redoutable :
Nuls postes avancés n'en défendent l'abord.
    Sur les champs du Veser, théâtres de la mort,
Charle étend ses regards, et démêle sans peine,
A la clarté des feux qui colorent la plaine,
Les lignes des Saxons, l'ordonnance des camps.
    Déjà Charle, des chefs, a pénétré les plans :
Du mont il redescend vers la forêt sauvage ;
Lorsqu'armés, deux Saxons lui barrent le passage.
Mais Charle et son ami fondent sur ces guerriers,
Les terrassent sans bruit, et les font prisonniers.
L'un des deux est Aldin : en remettant ses armes,
Le lâche, aux pieds du roi, tombe baigné de larmes.
« — Jamais nos foibles bras, ô paladin vaillant!
» N'ont connu la victoire, et n'ont versé le sang.
» Rends-nous la liberté !.. Chef! ce sanglant théâtre
» Jamais contre ton roi ne nous verra combattre :
                                                        4.

» Français ! autant que brave, on te dit généreux !
» Pardonne. » Trop sensible aux pleurs des malheureux,
Angilbert des captifs a demandé la grâce :
Charle, dont le succès a couronné l'audace,
Aux vœux de son ami souscrit facilement ;
Et libres, les Saxons retournent vers leur camp.
L'obscurité s'accroît : Aldin marche en silence ;
Son compagnon le suit : ô divine vengeance !
De toutes parts, dans l'ombre, alors pleuvent sur eux
Des dards empoisonnés, qui les percent tous deux.
Partis depuis trois jours, en secrète ambassade,
Les deux vils scélérats ignoroient l'embuscade ;
Et l'ordre d'immoler deux guerriers valeureux,
Par une heureuse erreur, s'exécute sur eux.

　　Mais Charle, des forêts en vain cherche l'issue ;
Il s'égare... Nul jour ne perce encor la nue ;
Aucun sentier ne s'offre aux regards du héros ;
Et chaque instant l'expose à des dangers nouveaux.
　　Cependant, tout à coup, dans l'épaisseur des ombres,
Au loin il voit errer quelques lumières sombres,
Dont les reflets obscurs, et les rayons trompeurs,
Etendoient sur les bois de blafardes lueurs.
Il s'approche... Bientôt, du milieu des ténèbres,
Comme d'un noir cachot, partent des cris funèbres...
Ni le vol des oiseaux, ni le souffle des vents,

N'agitent les rameaux de ces bois menaçants :

A ses pieds coule une onde infecte et dévorante :

L'air tremble, comme atteint d'une vague épouvante.

A des accents plaintifs succède brusquement

Un silence profond, encor plus effrayant.

Charle s'entend nommer par des voix inconnues;

Et des dragons ailés, sifflant du haut des nues,

Soufflent autour des preux une épaisse vapeur.

Déjà, le front glacé d'une froide sueur,

Charle sent ses cheveux se dresser sur sa tête :

Troublé, saisi d'horreur, le monarque s'arrête.

« — Sire, dit Angilbert, quelques dieux malfaisants |

» Habitent ces forêts... Ces lugubres accents,

» Ces lumières, ces voix, sont les armes perfides

» Qui, du lâche Irmensul, défendent les druïdes :

» Ici tout est prestige, erreur, enchantements*,

» Prince! observez ces bois respectés par le temps;

» Sur ces chênes jamais ne frappa la coignée :

» Partout de sang humain leur racine est baignée :

» Nul doute! d'Irmensul, cette enceinte, Seigneur,

» Est la forêt sacrée. » Une vive lueur

Alors autour des preux jaillit étincelante :

Ils marchent... Quel spectacle à leurs yeux se présente!

---

* Il falloit que ces druïdes fussent d'habiles physiciens, car leurs prestiges renommés étoient d'un merveilleux incompréhensible. Dans leurs bois sacrés tout étoit fantasmagorie.

Sur un tertre entouré de funèbres cyprès,
S'élève un noir séjour de deuil et de forfaits,
Le temple d'Irmensul : de l'enceinte sacrée
Des ossements épars semblent garder l'entrée :
Au portique funèbre, ouvert et menaçant,
Trente larges degrés conduisent lentement :
Vingt pilastres d'airain, du temple solitaire,
Forment le péristyle; et dans le sanctuaire,
L'idole des Saxons, colosse mugissant,
Lève un front orgueilleux sur son autel sanglant :
Sa statue est de bronze, et sa bouche enflammée
Vomit des noirs torrents de soufre et de fumée.
Des torches de sapin la sinistre lueur
Couvre le monument d'une épaisse vapeur :
Et les concerts du dieu sont les cris des victimes.

Tout profane est exclu de ce séjour de crimes.
De sang humain toujours là le marbre est suant :
Le druïde à genoux y prie en frémissant :
Et lui-même, à l'autel du monstre qu'il implore,
Rougit de sa terreur, et tremble plus encore.

Les arbres d'alentour sont consacrés aux dieux :
Là s'élève avec soin le gui mystérieux :
Ses rameaux enlacés forment des caractères,
Dont le druïde seul peut lire les mystères,

D'un vil acier jamais le tranchant acéré
Ne sépare un rameau de ce tronc révéré;
Une lame d'or pur, lame respectueuse,
Seule a droit de couper la branche précieuse.

Du portique, éclairés par des feux vacillants,
Les prêtres d'Irmensul descendent à pas lents :
La faucille sacrée orne leurs mains sanglantes :
Des ceintures de chêne, et des robes traînantes,
Parent ces vils bourreaux dont le front révéré
Brille orgueilleusement, ceint du bandeau sacré,
Semé d'étoiles d'or. En avant, deux druïdes
Marchent seuls, élevant, sur des pals homicides,
Les simulacres vains de mille dieux maudits,
Et l'antique croissant des prêtres de Memphis.

A travers le feuillage, Angilbert et son maître,
Soigneusement cachés, observent le grand prêtre :
Il marche enveloppé de longs habits de lin.
L'un portant l'encensoir, et l'autre le bassin,
Deux enfants, destinés à parer les victimes,
Le précèdent au pied du repaire des crimes.
Le pontife s'arrête; un poignard à la main,
Couronné d'un rameau de l'arbuste divin,
Il s'écrie : — « Irmensul ! puissant dieu du carnage !
» Daigne sur tes autels nourrir ta sainte rage !

» Ce fer va t'immoler huit prisonniers nouveaux :

» De leurs corps déchirés les palpitants lambeaux,

» Fumants sur ton autel, vont réjouir ta vue,

» Et du plus digne encens embaumer ta statue. »

Il dit ; puis s'adressant aux siens : — « Prêtres des dieux !

» Quelque orage sur nous gronde du haut des cieux.

» En songe, cette nuit, égorée, éperdue,

» Squelette menaçant, Héla m'est apparue (1) :

» De la rage empruntant les trois lugubres voix,

» Le serpent de Midgard a sifflé dans nos bois (2) :

» De l'autel du serment j'ai vu trembler la pierre ;

» Et le vase du meurtre, au fond du sanctuaire,

» A vidé de lui même un long ruisseau de sang :

» Nos fantômes d'osier*... ô prodige effrayant !

» Ces colosses sacrés, redoutables abîmes (3),

» Dont les flancs embrasés recèlent nos victimes,

» Renversés à grand bruit sur le marbre rompu,

» Ce matin, à mes yeux ont soudain disparu.

» Druïdes, allumons le feu des sacrifices !

» Coule à flots, sang humain !.. Un jour, aux dieux propices (4),

» Puissions-nous immoler et Charle et tous ses preux ! »

Autour d'un chêne antique environné de feux,

* Voyez sur les mœurs et usages des druïdes les *Commentaires de* CÉSAR. — POMP. MÉLA. — *La Pharsale de* LUCAIN, liv. III. — STRAB. liv. IV.— DIOD. *Scil*, liv. V.— PELLOUTIER, *Hist. des Celtes*, liv. IV. — TACITE, *De Mor. Germ.*

Les prêtres, à ces mots, courbent leurs fronts perfides :

« — Irmensul! Teutatès! dieux sauveurs des druïdes!

» Abaissez sur ces lieux vos regards protecteurs!

» L'antre des ossements, caverne des douleurs,

» Mugissant et comblé, prouve assez notre zèle :

» Rameau du spectre*! ô gui, notre égide immortelle (5)!

» Veille sur cette enceinte, et des rigueurs du sort

» Défends le prêtre armé de ta faucille d'or (6) ! »

A ces horribles cris, à ce chœur de prières,

Les chênes, éclairés par de pâles lumières,

S'embrasent tout à coup en milliers de flambeaux :

Des scorpions volants, de nocturnes oiseaux,

Des cérastes impurs, des larves, des fantômes,

Monstres hideux, vomis par les sombres royaumes,

Volent, noirs tourbillons, sur une mer de feux :

La flamme, sans brûler, roule en flots lumineux :

Lorsque soudain tout fuit, s'éteint... et des ténèbres

Ressortent l'affreux temple, et ses clartés funèbres.

Au pied du monument s'ouvre, abîme d'horreur (7),

Un caveau d'où s'exhale une infecte vapeur;

Des squelettes humains en tapissent l'entrée :

---

* Mallet, dans son *Introduction à l'Histoire du Danemarck*,
t. I, rapporte que le gui est encore en vénération dans quelques
contrées, et qu'on lui attribue une grande puissance; on l'appelle
le *rameau du spectre*.

Sous cette voûte impie, au crime consacrée,
Une statue en fer aux regards vient s'offrir;
Sur son front est écrit : — « M'adorer ou mourir! »
D'ossements enlacés sa large taille est ceinte :
Sur son baudrier noir la mort paroît empreinte.
Là, contre un bloc d'airain, par un décret fatal,
Gémissent les captifs du monarque infernal :
Infortunés! ils n'ont, en ce lieu d'épouvante,
Qu'Irmensul pour aspect, et la mort pour attente.

O Charle! de ce gouffre on arrache à tes yeux
Huit Français... Quel spectacle!.. Olivier est l'un d'eux.
« — Ciel! accueille nos dons, dit le monstre sauvage;
» Que t'offrir de plus beau que ton plus bel ouvrage!
» Niord! veille sur nous!.. Mais, que vois-je?.. Héla!
» Spectre! que me veux tu?..Quoi... du sang?..en voilà.»
Du sacrificateur, à ce langage horrible,
Saisissant le couteau, le pontife inflexible
Passe au cou des captifs huit funestes colliers,
Verse un vase de sang sur chacun des guerriers ;
Et montant les degrés du noir séjour des crimes,
A l'autel d'Irmensul entraîne les victimes.

Charle hors du bois s'élance — « Arrêtez! malheureux!
» Les cieux tonnent sur vous, Charle est devant vos yeux!
» Vous demandiez sa mort, monstres, il vous la donne. »

Il dit; et sur son front la victoire rayonne :
Imitant son audace, Angilbert suit ses pas :
Charle poursuit, renverse, et son terrible bras,
Transformant à ses pieds le pontife en victime,
Précipite la mort sur la tête du crime.

A l'aspect du héros, les prêtres interdits,
Dans le parvis sacré, se sauvent à grands cris;
Et du foible Irmensul les tremblantes cohortes
Du temple sur leurs pas ont refermé les portes.

Charle a brisé les fers des jeunes prisonniers :
Aux pieds de leur sauveur tombent les huit guerriers :
Charle, aidé, soutenu, par un secours céleste,
Des prêtres d'Irmensul veut immoler le reste.
« — Paladins ! suivez-moi, dit le héros français :
» Périsse anéanti ce temple de forfaits ! »
Charle et ses chevaliers, en poursuivant les prêtres,
Du bâtiment sacré semblent déjà les maîtres :
Mais la porte est d'airain; force, adresse, fureur,
Rien ne peut l'ébranler : Olivier, ô bonheur!
La veille a remarqué, sous la voûte barbare,
Des armes, des leviers... Il vole, il s'en empare.
Foibles et mal construits, du temple redouté
Les murs, sans épaisseur, tombent de vétusté.
Des prêtres éperdus tout conspire la perte.

Bientôt sous le portique une brèche est ouverte ;
Quand soudain devant Charle, au haut du monument,
S'offre, entouré de feux, un fantôme sanglant :
« — Tremble! dit Irmensul d'une voix foudroyante,
» Tremble! audacieux chef d'une armée insolente!
» Si loin de mes regards tu ne fuis à l'instant,
» Mes feux vont t'engloutir dans l'enfer qui t'attend. »

A ce cri d'Irmensul soudain les monts frémissent ;
Le sol tremble ; des airs les vapeurs s'obscurcissent :
Des squelettes, pendus sous les antres voûtés,
Les os se disloquant, craquent épouvantés ;
Et des siècles passés les prêtres homicides
Sortent, sanglants encor, des tombeaux des druïdes.
Un tourbillon de vent s'élève impétueux :
Du tronc des noirs cyprès partent des sons affreux...
De spectres menaçants Irmensul s'environne ;
La foudre, à ses côtés, éclate, brille, tonne,
Imitant le fracas de ces tubes de fer,
Qu'au monde épouvanté vomit depuis l'enfer.

Mais, calme en sa fureur, Charlemagne s'écrie :
« — Fuis toi-même! Irmensul! ta rage, ô monstre impie!
» Contre moi ne peut rien. » Il dit ; et le héros
Du portique a saisi les résineux flambeaux...
Charle embrase le temple... Un cri perce la nue... (8)
Spectres, vapeurs, tout fuit ; l'idole est disparue.

Des prêtres d'Irmensul, éperdus, dispersés,

L'espoir s'est englouti sous les mars renversés :
De l'enceinte bientôt partent des cris terribles :
Le temple ouvre, en croulant, cent crevasses horribles :
Des ouragans fougueux à ces foudres tonnants
Répondent, déchaînés, par de longs sifflements :
L'air roule les flots noirs d'une ardente fumée :
Au sein des tourbillons d'une nue enflammée,
En cette nuit sinistre, en ces bois mugissants,
Sur les autels brisés, sur les marbres sanglants,
Tombent, en longs débris, en ruines fumantes,
Et les murs calcinés, et les poutres brûlantes.

    Les prêtres vainement cherchent à fuir leur sort ;
Dans le temple est la foudre, hors du temple est la mort :
Et le fer des guerriers, purgeant ces lieux infâmes,
Achève d'immoler ceux qu'épargnent les flammes.
Le sang de toutes parts coule à torrents épais ;
Et le parvis sacré du temple des forfaits
N'est plus qu'un noir désert de cendre et de fumée.

    Alors au camp français le héros de l'armée
Veut diriger ses pas, quand le ciel orageux
De nuages obscurs couvre ces bois affreux :
La pluie à longs torrents inonde le rivage...

    Non loin, s'offre l'abri d'une grotte sauvage :
Charle, y guidant ses preux, s'y repose un moment :

Mais, du fond de cet antre, un long gémissement
Soudain se fait entendre... Ah! ce séjour de crimes
Des druïdes encor cache quelques victimes!
Charlemagne, s'armant d'un flambeau résineux,
S'enfonce sous la grotte... A l'instant mille feux
Des murs cristallisés autour de lui jaillissent;
Du stalactite au loin les roches se hérissent (9);
Et découpés à jour, en cintres éclatants,
Forment, glaçons taillés, des arcs de diamants:
Là s'offrent ciselés, mille pointes mauresques,
D'informes chapiteaux, des essais d'arabesques:
Glissant sur ces décors, albâtres transparents,
L'eau tombe, les varie, et des cristaux brillants
Tire des sons légers; de voix aériennes
Ils semblent les concerts*... Harpes éoliennes!
Harmonica céleste! ainsi vos sons divins
Des filles de Fingal charmoient les bords lointains.

    Les preux suivent leur roi sous la roche inconnue...
Un captif enchaîné se présente à leur vue:
Charle brise ses fers. — Guerrier libérateur!

* Il existe de ces grottes harmonieuses en différents pays. Celles
d'Ostelles et de Quingey (Voy. M. DEPPING, p. 499 et suiv.) sont
exactement semblables à celle que je viens de décrire. Il en est de
même des grottes de Castleton en Angleterre. (Voy. la note 9 de
ce chant.)

» Dit le jeune étranger, sans doute, dieu sauveur,
» Odin lui-même, Odin, sous cet antre sauvage,
» Daigna guider tes pas. » Il dit; et son langage
Est d'un chef de Lochlin, d'un iarl* belliqueux.

    Charle alors, mais en vain, cherche à quitter ces lieux.
L'éclair brille... les vents sifflent avec furie;
La foudre gronde... — « Enfant de la Scandinavie!
» Dit Charle, la tempête enchaîne encor nos pas;
» Dis-moi qui j'ai sauvé? — Mon nom est Artimas,
» Répond le Scandinave, Avilda fut ma mère (10),
» Et d'Herkuller-le-Grand** descend Duris mon père,
» Le roi de la Dalie. Aux bords de la Sarpa (11),
» Sous les murs de Valdis, près de la Store-Elva,
» Je pris naissance. Hélas! heureux dans ma patrie,
» Mes jours couloient sereins, quand je vis Iraldie...
» Dès lors plus de repos!.. A l'orgueilleux Wormus,
» Despote redouté, monarque d'Aggerhus***,
» Je m'adresse en tremblant, et demande Iraldie.
» — Demain, me répond-il, prince de la Dalie!
» Iraldie elle-même, au temple de Fréya,
» Connoîtra ma réponse, et te la transmettra.

* Les iarls, en Scandinavie, étoient les nobles, les grands du
pays. Ils formoient une caste privilégiée.
** Herkuller, c'est Hercule. (Voy. la note 10 du chant.)
*** Aggerhus, province suédoise, limitrophe de la Dalie,

» A la fois agité par l'espoir et la crainte,
» Je vole au lieu prescrit : le temple, vaste enceinte,
» Dominoit l'Océan, empire de Niord* :
» En des bosquets fleuris, sous une toile d'or,
» Que des câbles pourprés sur des ifs ont tendue,
» De l'épouse d'Oder** s'élève la statue,
» Hors du temple : un nuage y semble au loin couvrir
» L'autel de l'Espérance, et l'autel du Désir :
» Celui des Voluptés est dans le sanctuaire.

   » Partout fume l'encens, et sa vapeur légère,
» Sous un voile magique, offre, ceintes de fleurs,
» Les vierges de Fréya... Sur ces bords enchanteurs,
» A mes yeux tout à coup apparoît Iraldie :
» Du temple elle descend : — Prince de la Palie !
» Me dit-elle, mon père a consulté les cieux;
» L'oracle a répondu : — *Ta fille est chère aux dieux;*
» *Mais un héros peut seul se montrer digne d'elle :*
» *Le roi des Francs possède une épée immortelle;*
» *Qui s'en emparera peut régir l'univers****...*
» *Qu'Artimas des Gaulois frappe le roi pervers !*

---

   * Voyez sur Niord, père de Fréya, roi des mers et des tem-
pêtes, la note 7e du chant X°.
   ** Fréya.
   *** L'épée de Charlemagne passa pour être enchantée. (*Gaule
Poétique*, t. III, p. 176.)

» *Qu'il s'arme de joyeuse !... Aussitôt Iraldie*

» *Deviendra son épouse.* » A ces mots, je m'écrie,

» Tombant avec transport au pied des saints autels :

» — Fréya, fille des mers ! et vous, dieux immortels !

» Un des héros du Nord, Harald, en Germanie,

» Des Francs en ce moment combat le prince impie ;

» Je cours joindre Harald... et j'en fais le serment !

» Sitôt qu'à mes regards Charle s'offre... A l'instant,

» Je lui ravis son fer, je l'immole, ou j'expire. »

  Il dit : le noble ami du héros de l'empire,

Angilbert furieux va s'élancer... Le roi

L'arrête d'un regard. — « Mais, prince ! apprenez-moi

» Comment, ici captif ?... — Un rival, un perfide,

» Avoit juré ma mort : ami du grand druïde,

» Il me suit, il m'attire en un piége ennemi ;

» Et sans toi, dès demain, ici j'eusse péri. »

  D'armes et de chevaux soudain un bruit horrible

Interrompt l'étranger... Vers la grotte paisible,

Une troupe nombreuse a dirigé ses pas :

Dieu ! ce sont les guerriers de Harald... — « Artimas !

» Je suis Français, dit Charle, et l'ennemi s'avance ;

» Contre le nombre en vain s'armeroit la vaillance :

» Ma vie en ce moment dépend d'un mot de toi...

» Je pourrois t'immoler, je me fie à ta foi.

» Sois libre. » Au fond de l'antre, à ces mots, il s'élance :

a. 5

Artimas a suivi le héros de la France.

A pas précipités, une torche à la main,
En foule vers le roc marchent les fils d'Odin :
Sous la grotte s'installe une horde barbare...
A l'abri de l'orage un festin s'y prépare ;
Des feux sont allumés... O moment périlleux !
Seuls, quelques rocs non loin cachent à tous les yeux
Charle, ses paladins, et l'amant d'Iraldie.

Des fils du dieu d'Asgard soudain le chef s'écrie :
« — Amis ! de grands combats vont illustrer ces bords !
» Contre le roi des Francs, unissons nos efforts !
» Gloire à l'heureux guerrier qui frappera ce traître !
» Charle est parmi les siens facile à reconnoître :
» Sa taille est colossale*, et sur son casque d'or,
» Un aigle vers les cieux semble prendre l'essor :
» Ecarlate est sa saye, et blanche est son aigrette... »
Signalement fatal ! épouvante secrette !..
A l'éclat des flambeaux, luit, sous le roc maudit,
Le fatal casque d'or... Artimas tressaillit ;
Il a reconnu Charle... O serment effroyable !
Tu prescris le trépas du monarque indomptable !
Artimas ! vois briller ce fer triomphateur,

---

* Charlemagne avoit, dit-on, près de sept pieds.

Qui promet l'univers, et t'offre le bonheur!..
Parjure à tes serments, ou parjure à la gloire,
Ose perdre... ou sauver... le roi de la victoire!

FIN DU CHANT QUINZIÈME.

NOTES DU CHANT XV.

(1) *Squelette menaçant, Héla m'est apparue.*

Héla (la mort) est fille de Lock, satan des Scandinaves, et d'Angerboth (messagère de la douleur). Elle a deux frères, le loup Fenris, et le grand serpent de Midgard. Héla est la reine de Niflein (des enfers). La moitié de son corps est bleue, l'autre moitié est revêtue de la peau et de la couleur humaine. Elle gouverne les neuf mondes de Niflein. Son palais est la douleur, sa porte le précipice, son vestibule la langueur, ses esclaves le retard et la lenteur, son lit la consomption, son toit la malédiction. (Voy. l'*Edda myth.*, fable XVI.)

(2) *Le serpent de Midgard a sifflé dans un bois.*

C'est le même serpent de Midgard, dont Héla est la sœur, qui, lors du *crépuscule des dieux* (la fin du monde), doit être déchaîné, ainsi que le loup Fenris, son frère; ces deux monstres ravageront la terre; le loup Fenris ouvrira une gueule énorme; sa mâchoire d'en-bas touchera la terre, celle d'en haut s'étendra jusqu'au ciel, et iroit plus loin encore, s'il y avoit place. Le grand serpent vomira des flots de venin, qui inonderont l'air et l'eau. Cependant ils finiront par périr; l'un (le serpent), terrassé par Thor, l'autre par Vidar.

Les sifflements du serpent de Midgard annoncent l'arrivée de sa sœur Héla, et pronostiquent des événements sinistres.

(3) *Ces colosses sacrés, redoutables abîmes,*
    Dont les flancs embrasés recèlent nos victimes.

Quand un grand étoit dangereusement malade, les druïdes élevoient des statues colossales d'osier, dont les membres étoient remplis d'esclaves ou de criminels, qu'on bruloit vifs; et pendant cette affreuse exécution, ces prêtres barbares imploroient pour le malade le secours des dieux, persuadés que ces holocaustes leur étoient fort agréables. (Voy. les *Commentaires de* CÉSAR.—POMP. MÉLA.— TACITE. *de Mor. Germ.* — MARCEL, t. I. — ANQUETIL, *Hist. de France ;* et autres auteurs déjà cités.)

(6)   Coule à flots ;!sang humain. .

Du sang des hommes, reçu dans des coupes, ils arrosoient le tronc et les branches des arbres; on ne peut se figurer sans horreur ces forêts ténébreuses, où l'on n'arrivoit que par des chemins tortueux. Là se voyoient des ossements amoncelés, et des cadavres épars entre les arbres teints de sang. L'affreux silence de ces sanctuaires de barbarie n'étoit interrompu que par les croassements de l'oiseau des morts, et par les longs gémissements des victimes. Le druide impassible, sans être distrait par les cris aigus de la douleur, contemploit tranquillement le malheureux qu'il venoit de percer ; le laissoit expirer lentement , après l'avoir arrosé du sang de ses compagnons; et observoit tranquillement sa chute, ses mouvements, ses palpitations avant-coureurs de la mort, et la manière dont le sang couloit, afin d'en tirer des conjectures, pour prédire l'avenir. (Voyez les auteurs déjà cités.)

(7)   Rameau du spectre ! ô gui ! notre égide immortelle !

« — Un jour Balder raconta à sa mère Friga, qu'il avoit songé
» qu'il mourroit : Friga conjura le feu, les métaux, les pierres,
» les maladies, l'eau, les animaux, les serpents, de ne faire aucun
» mal à son fils; et les conjurations de Friga étoient si puissantes
» que rien ne pouvoit lui résister. Balder alloit donc dans les com-
» bats des dieux, au milieu des traits, sans rien craindre ; Lock,
» son ennemi, voulut en savoir la raison ; il prit la forme d'une
» vieille, et vint trouver Friga ; il lui dit :— Dans les combats, les
» traits et les rochers tombent sur votre fils Balder, sans lui faire
» de mal. — Je le crois bien, dit Friga, toutes ces choses me l'ont
» juré : il n'y a rien dans la nature qui puisse l'offenser; j'ai
» obtenu cette grâce de tout ce qui a quelque puissance : il n'y a
» qu'un petit arbuste à qui je ne l'ai pas demandée, parce qu'il
» m'a paru trop foible : il étoit sur l'écorce d'un chêne ; à peine

» avoit-il une racine : il s'appelle *Mistiltein* (c'étoit le gui). Ainsi
» parle Friga. Lock courut aussitôt chercher cet arbuste; et venant
» à l'assemblée des dieux, pendant qu'ils combattoient contre
» l'invulnérable Balder, car leurs jeux sont des combats, il s'ap-
» procha de l'aveugle Haéder. — Pourquoi, lui dit-il, ne lances-
» tu pas des traits à Balder? — Je suis aveugle, dit Haéder, et je
» n'ai point d'armes. — Lock lui présente le gui de chêne, et lui
» dit : Balder est devant toi. — L'aveugle Haéder lance le gui :
» Balder tombe percé et sans vie. Ainsi l'invulnérable fils d'une
» déesse fut tué par une branche de gui, lancée par un aveugle.
» Voilà l'origine du respect porté à cet arbrisseau. » (BERNARDIN
DE SAINT-PIERRE, *Études de la Nature.*)

(6)   Défends le prêtre armé de ta faucille d'or.

La recherche du gui étoit une fête nationale; prêtres et peuples
se répandoient dans la forêt pour le chercher; l'avoit-on trouvé,
on éclatoit en cris de joie; on chantoit des cantiques. Le grand-
prêtre, s'approchant de l'arbre avec un profond respect, coupoit
le gui avec sa serpe d'or, et le laissoit tomber sur une nappe
neuve de lin, qui ne pouvoit plus servir à aucun autre usage. La
plante, desséchée et mise en poudre, étoit distribuée aux dévots,
comme un antidote certain contre les maladies et les sortiléges.
La cérémonie étoit annoncée et criée solennellement en ces mots :
— « *Au gui l'an neuf.* » Ce qui feroit croire que la fête étoit destinée à annoncer le commencement de l'année, époque fêtée par
tous les peuples. (Voyez sur les coutumes anciennes les auteurs
déjà cités.)

(7)   Au pied du monument s'ouvre, abîme d'horreur,
       Un caveau d'où s'exhale une infecte vapeur.

J'ai décrit dans ce chant, avec l'exactitude la plus scrupuleuse,
les mœurs, costumes, temples, forêts, discours et sacrifices des
druïdes. (Voyez tous les auteurs et poëtes de l'antiquité.)

(8)   Charle embrase le temple......

Charlemagne, selon les anciens historiens, mit le feu lui-même ou fameux temple d'Irmensul, situé non loin d'Eresbourg ; il brisa la statue de ce dieu, et massacra les prêtres sur les débris de leur idole. Charle, pour enlever aux Saxons un objet d'idolâtrie, fit enterrer la colonne qui servoit de piédestal à la statue : elle fut déterrée sous Louis-le-Débonnaire, et transportée dans l'église d'Ildesheim. On dit qu'on célèbre encore tous les ans dans cette ville la mémoire de la destruction du temple d'Irmensul.

(9)   *Du stalactite au loin les roches se hérissent.*

On peut voir, sur les grottes curieuses que possède la France, PICANIOL DE LA FORCE, *Description de la France.* — DEVILLE, *Voyage aux grottes d'Arcy.* Paris, 1802. — M. DELAISTRE, *Statistique de la Charente.* Paris, an X. — FAUJAS DE SAINT-FOND, *Histoire du Dauphiné.* — Et autres auteurs.

La grotte de Miremont (Voy. M. DELFAU, *Annuaire du département de la Gironde*), se compose d'appartements souterrains, décorés par les stalactites, brillants ouvrages de l'eau imprégnée de spath calcaire, qui jette des reflets variés à la lueur des flambeaux.

M. DE MARCHANGY (*Gaule Poétique*) peint en ces mots les grottes d'Osselles et de Quingey : « Elles ont un intérieur orné » de pétrifications diaphanes, qui se façonnent en mille manières ; » ici elles présentent de grandes forêts d'albâtre, que remplissent » mille figures grotesques ; là des tombeaux, des pyramides, des » chapiteaux, et toute l'architecture mauresque et gothique dé- » coupée à jour comme de la dentelle. On croit pénétrer dans » une galerie de l'Alhambra, ou dans la chapelle de quelque mou- » tier. L'eau qui coule lentement sur ces fragiles décorations, en » modifie à chaque instant les formes.

» Les gouttes d'eau, en tombant de la voûte sonore sur les con- » gélations, en tirent des sons délicieux, comparables à ceux de » l'harmonica, ou des harpes éoliennes. »

(10)   .... Avilda fut ma mère ,
          Et d'Harhalles-le-Grand descend Buris mon père.

L'histoire du Danemarck parle d'une reine célèbre, nommée Avilda, qui, pendant l'absence de son mari, Alfius, fils de Siwald,

roi danois, rassembla une troupe de guerriers, et s'embarqua pour
aller cueillir sur les mers, au milieu des tempêtes et des combats,
les palmes de la gloire.

Quant au grand Herkuller, les anciens scaldes parlent d'un
guerrier extrêmement fort, qu'ils nomment Herkuller. — « Les
» Germains, dit TACITE, cap. II, p. 58, conservent le souven
» d'Hercule, le premier des hommes célèbres par leur force ; ils
» chantent ses prouesses en marchant au combat. »

(11)   .... Aux bords de la Sarpa,
        Sous les murs de Valdis, près de la Store-Elva.

« Ils arrivent à la forteresse de Valdis, où l'oreille est toujours
» frappée d'un bruit égal au fracas du tonnerre. Près de ces murs,
» les flots impétueux de la Store-Elva se précipitent du haut d'un
» rocher dans les eaux du fleuve Sarpa. » (*Poëme des Scandinaves*,
MONTBRUN. La cascade que forme la Store-Elva, se jetant dans
la Sarpa, est une des plus belles qu'on puisse voir : elle fait tourner dix-sept moulins; on l'entend à neuf lieues.

FIN DES NOTES DU CHANT QUINZIÈME.

CHANT XVI.

Sous le roc d'Irmensul, entouré d'ennemis,
Charle a vu tressaillir l'héritier de Buris :
Ses armes ont trahi son rang et sa naissance...
Les yeux fixés sur Charle, Artimas en silence,
Demeuroit immobile et muet... Quand soudain,
Des scaldes, appuyés sur la harpe d'Odin,
Retentissent les chants au banquet scandinave.

En un crâne ennemi, leur chef, *Talmar le brave,*
A versé la cervoise*, enivrante liqueur :
Puis, élevant la coupe, il la vuide en l'honneur
De Vara, de Friggis et des enfants de Bore.
Tous l'imitent... Le scalde, à sa harpe sonore,
Chante les dons de Frey **, le trépas de Balder ***,
La descente d'Hermode **** au ténébreux enfer,

* La cervoise, boisson des peuples du Nord, espèce de bière.
** Frey, frère de Fréya, gouverne les saisons.
*** J'ai raconté la mort de Balder, note 5 du chant XV°.
**** La descente d'Hermode. Pour ne pas multiplier les notes je renvoie le lecteur aux *Edda.* Hermode, surnommé l'*Aigle,* est fils d'Odin. Sa descente aux enfers rappelle celles d'Alcide et d'Orphée.

Les voyages de Thor, ses épreuves, sa gloire (1),
Heimdall* au pont du Ciel, Lock sur la roche noire,
Et les touchants adieux d'Oder à Vanadis **.

A ces derniers accords, le chef des ennemis
Se lève : — « Honneur au scalde, et gloire aux Scandinaves !
» Qu'à jamais soit rayé de la liste des braves,
» Qui trahiroit ici ses dieux et ses serments ! »

Quels mots pour Artimas !... A ces mâles accents,
Un frisson convulsif le glace... et dans ses veines
Coule un feu dévorant... Harpes éoliennes,
Vos accords ont cessé !... Seul, traversant les airs,
Gronde au loin sourdement l'aquilon des déserts.

« — Les vents, reprend Talmar, ont dissipé l'orage :
» Partons ! » Il sort suivi de sa troupe sauvage.
Entraînant Charlemagne, Artimas à l'instant
S'adresse aux preux : — « Fuyons ! Un long enfoncement,
» A droite, sous ce roc, vient de frapper ma vue :
» Suivez-moi ; cette grotte offre une double issue. »
Il dit, guide leurs pas ; et le prince, en effet,
Se retrouve bientôt au sein de la forêt.

Là s'arrête Artimas : l'aube a blanchi la nue...

* Voyez, sur Heimdall et sur Lock, l'hymne scandinave et les notes du chant Xe.
** Vanadis, déesse de l'espérance, est la même que Fréya dont j'ai parlé note 9 du chant IIe.

Le ciel s'est épuré... De Friggis, à sa vue,
La quenouille* a pâli : — « Franc, reçois mes adieux!
» En toi j'ai reconnu le vaillant roi des preux;
» Et, traître, à mes serments j'ai conservé ta vie! »
Puis, tombant à genoux : — « Que mon crime s'expie!
» L'honneur seul m'a perdu... Pardonnez, dieux sauveurs!
» *Ou joyeuse, ou la mort!*...Tel fut mon vœu...Je meurs! »
   Il dit; et d'un poignard se frappe à l'instant même.
Charle sur lui se jette... O désespoir extrême!
Il n'a pu l'arrêter : — « Artimas!... Malheureux!...
» Qu'as-tu fait!... Ah! mon fer, glaive mystérieux,
» M'est bien cher, il est vrai : talisman de victoire,
» C'est le don d'une amie, et le fer de la gloire,
» Magnanime guerrier! n'importe... il est à toi. »
   Artimas, à ces mots, reçoit le fer du roi :
Sur son cœur il le presse... Un éloquent silence
Peint à Charle l'excès de sa reconnoissance...
Lorsque, ô malheur!... non loin, sous les taillis épais,
L'ennemi se glissant, découvre les Français;
Et de Talmar sur eux la cohorte s'élance.
   Charle a livré son glaive... Il reste sans défense;
Mais que ne peut encor ce héros valeureux!
Son bouclier lui reste... Athlète audacieux;
Le monarque, à travers la cohorte barbare,

---

* La quenouille de Friggis. Les uns disent que c'étoit Orion;
d'autres, l'étoile du matin.

Avec cette arme seule, à la fois frappe, pare,
Dans leurs rangs se fait jour, et sur un roc voisin
S'élance invulnérable... Alors les preux, en vain
Séparés de leur chef par des hordes nombreuses,
Combattoient pour le joindre... O forces merveilleuses !
Charle, nouveau Titan*, du mont qu'il a gravi,
Arrachant un rocher, le lance à l'ennemi ;
Et parmi ses soldats que glace l'épouvante,
Talmar roule, écrasé sous la masse sanglante.

Cependant Artimas, luttant contre la mort,
Vers Charle lentement se traîne avec effort ;
Sanglant, il apparoît sur le roc... Il s'écrie :
« — Arrêtez, fils d'Odin!... Prince de la Dalie,
» Artimas vous l'ordonne ! En ces sombres forêts,
» Mes jours furent sauvés par ces nobles Français :
» Respect à ces héros!... Gloire éternelle aux braves ! »
Il dit; au même instant, les lances scandinaves
S'abaissent devant Charle. — « Ennemi généreux,
» Ajoute-t-il, reprends ton glaive merveilleux :
» Charle seul en est digne... Ah! ce fer de victoire
» Fut un instant à moi, c'est assez pour ma gloire!

* Charlemagne, véritable Samson, avoit une force si prodi-
gieuse que, selon nos chroniques, son bras, armé de *joyeuse*, coupoit d'un seul coup, dans les batailles, un soldat tout cuirassé.
(Voy. NICOLAS GILLES, VINCENT, de Beauvais, et la *Chronique*,
attribuée à l'archevêque TURPIN.)

» Fidèle aux lois du brave, à l'honneur comme aux dieux,
» En mourant, Artimas a mérité les cieux :
» Le Vahalla m'attend... » Il dit ; pâle, sans vie,
Sur le roc il retombe... et le nom d'Iraldie,
Du prince scandinave est le dernier soupir.

Le palais de l'aurore a paru s'entr'ouvrir...
Bientôt sur l'horizon l'astre du jour se lève.
Accablé de douleur, Charle a repris son glaive :
Des guerriers de Lochlin les flots respectueux
S'ouvrent sur son passage... et Charle, au milieu d'eux,
Comme s'il traversoit une foule captive,
S'éloigne, en soupirant, de cette affreuse rive.
Bientôt, hors de danger, Charle et ses paladins,
Loin du temple infernal, du sol des assassins,
Retrouvent le sentier descendant vers la plaine.

Tout à coup à leurs yeux, au bord d'une fontaine,
S'offre, sur le gazon couché négligemment,
Un chevalier armé... Son coursier écumant,
Contre un chêne attaché, du pied frappe la terre ;
Ronge et maudit son frein ; le guerrier solitaire,
En écharpe sur lui porte un long crêpe noir :
Un cercueil, éclairé par les rayons du soir,
Sur son écu se peint... et sous ce triste emblème,
S'offrent ces mots écrits : *Que n'y suis-je moi-même !*

Hélas ! l'infortuné, sur ce paisible bord,
Alors, d'un ton plaintif, chantoit son *lai de mort* *.

« Chevalier du tombeau ! qu'étoit douce la vie,
» Quand jadis au tournoi tu joustois pour ta mie !
» Ah Blanche ! plus ne peus aucuns dons m'octroyer ;
» Oncques plus ne diras : — Voilà mon chevalier !

» Haubert, lances, harnois qui moult fîtes ma gloire,
» Amour a disparu, plus ne veus de victoire.
» Blanche ! parmi les preux, d'autres pour tes attraits
» Ont pu combattre mieux, mais aimer mieux !... jamais.

» Et toi, fier destrier, ami cher et fidèle !
» Et par monts et par vaux, plus ne courras pour elle !
» Cœurs discourtois, plus ores n'irai vous châtier !
» Avec Blanche au tombeau suis déjà tout entier.

» Jadis eus pour devise : *Honneur et courtoisie !*
» Domptai les jouvenceaux, punis la félonie :
» Las ! pour tant doux objet de mes soins empressés,
» Faire tout, selon moi, ce n'étoit point assez.

» Ménestrel, qui d'amour charmant le vasselage,

* Voyez, sur le fameux lai de mort des anciens chevaliers, LA
CURNE de SAINTE-PALAIE. *Mém. sur l'ancienne Chevalerie.*

» Souci poignant ignore, et fête dons servage,

» Comme toi je chantai... mais triste et déconfort,

» Ors, *triolet d'amour* se change en *lai de mort.*

  » Ici je fus heureux, ici la mort m'appelle...

» Heureux servant d'amour qu'enchante encor ta belle !

» Tu peux vivre... Non moi ! D'amour, céleste feu,

» Des preux douce existence, à tout jamais adieu ! »

  A ces mots le chant cesse, et la tête baissée,

Le guerrier se replonge en sa triste pensée.

Mais Charle reconnoît et ses traits et sa voix :

Ce preux infortuné... C'est *Robert-le-Danois* *.

« — Robert ! que vois-je ? ô ciel ! quelle affreuse devise !

» Quelle armure funèbre ! » A ce cri de surprise,

Robert levant les yeux voit devant lui son roi.

« — Robert ! dit le monarque, ah ! parle, explique-moi

» Quel sort depuis six mois t'éloigne de la France :

» Pourquoi dans ces forêts cacher ton existence ?

» Aux camps, ah ! de l'honneur quand le champ est ouvert,

» Aurois-je cru jamais trouver ici Robert ? »

  Tombant aux pieds du roi, le paladin s'écrie :

« — Ah ! ne m'accusez pas, Sire, de félonie !

» Vous saurez tout, hélas ! L'amour fit mon malheur;

  * Les anciens chevaliers prenoient pour surnom les pays où
ils s'étoient illustrés.

» L'amour m'a tout ravi, tout... excepté l'honneur. »
De son cœur le Danois rouvre alors la blessure,
Et raconte en ces mots sa funeste aventure :

 » — Sire, quand par vos soins, arrêtant les combats,
» La paix quelques instants régna sur ces climats,
» Curieux de connoître et la Saxe et ses princes,
» En chevalier errant je vins dans ces provinces :
» Vitikind m'accueillit ; et bientôt à sa cour,
» Pour la première fois Robert connut l'amour.

 » Lors je prévis mes maux... Mais Blanche étoit si belle !
» Est-ce être malheureux que de l'être pour elle !
» Me disois-je. Au tournoi, proclamant sa beauté,
» Je combattois pour elle... Eh ! qui m'eût résisté ?
» Je portois les couleurs de ma jeune maîtresse,
» Et j'avois obtenu l'aveu de sa tendresse.

 » Fille de Norbihand, noble vieillard saxon,
» Blanche m'étoit égale en rang ainsi qu'en nom :
» Blanche m'aimoit... Hélas ! lorsque tout nous seconde,
» C'est l'instant où sur nous souvent la foudre gronde.

 » Je traversois un soir cette même forêt ;
» De ses pâles rayons la lune l'éclairoit :
» J'entends les doux accens d'une voix suppliante ;
» Et non loin, tout à coup à mes yeux se présente,
» Sur un palefroi blanc qu'entourent trois guerriers,
» Une femme éperdue.,.— Infâmes chevaliers !
» M'écriai-je, à l'instant rendez votre victime,

» Ou la mort par mes mains va punir votre crime!

» La dame alors s'écrie : — O Robert!... Jour heureux!

» C'étoit Blanche. — Vassal! gabeur aventureux!

» Répond un des guerriers, toi qui dans ton délire,

» En redresseur de torts prétends tous nous occire,

» Viens, que je te honnisse à mes pieds pourfendu!

   » Au même instant sur moi le perfide a fondu :

» Superbe, il raille encor... Lorsque atteint par ma lance,

» Lui-même sur le sol roule sans connoissance.

» Le second lui succède; il est désarçonné.

» Le troisième est leur chef : de mes coups étonné,

» Déjà criant *merci*, le couard prend la fuite.

   » En vain le ravisseur me croit à sa poursuite :

» Vers Blanche je m'élance, et tombe à ses genoux.

» — Blanche! amante adorée! — Ah Robert! qu'il est doux

» De te devoir la vie!.. A ces mots, chancelante,

» Dans mes bras amoureux elle tombe tremblante...

» Sur ce même gazon, au bord de ce ruisseau,

» Vainqueur, je déposai mon précieux fardeau.

» Qu'elle me parut belle!... Encor baignés de larmes,

» Jamais ses yeux brillants n'offrirent tant de charmes!

» Son désordre, ses pleurs, son amour, sa beauté,

» Là tout servoit d'excuse à ma témérité :

» Le jour tendre et voilé de l'astre du mystère,

» En gazant les plaisirs, promettoit de les taire.

» Une paisible nuit, un murmure enchanteur,

» D'un air voluptueux la douce et fraîche odeur,

» Au milieu des bosquets, sous un toit de verdure,

» Un lit qu'avoient formé l'amour et la nature,

» La vierge la plus belle... Ah! qui n'eût sur ces bords

» Livré son cœur, ses sens, à leurs brûlants transports!

» Blanche étoit dans mes bras : son abandon, sa grâce,

» Portent jusqu'à l'excès ma flamme et mon audace...

» — Blanche! sois à Robert! sois tout entière à moi!

» A ces mots, dans mes bras, pleine d'un tendre effroi,

» Blanche résiste en vain... — Robert! dit-elle, arrête!

» Un baiser l'interrompt... et Blanche est ma conquête.

   » O volupté céleste! ivresse du bonheur!

» Combien je savourai ton délire enchanteur!

» Nuit trop courte!... O regret qui depuis me dévore!

» Que ne pus-je mourir quand reparut l'aurore!

   » De son vil ravisseur Blanche m'apprit le nom :

» C'étoit le Bavarois, l'infâme Tassillon,

» Qui, dès long-temps épris d'un amour téméraire,

» Venoit de l'enlever du château de son père.

   » — Ramène-moi, Robert, au manoir paternel,

» Me dit Blanche. A ses vœux je souscris... Jour cruel!

» Je la rends à son père, et mon malheur commence.

   » M'accablant des transports de sa reconnoissance,

» Norbihand aimoit Blanche, et me traitoit en fils :

» Je crus qu'il céderoit à nos vœux réunis;

» Je demande la main de celle que j'adore :

» — Mon fils, me répond-il, elle est trop jeune encore :

» Robert, pendant deux ans, va, cours au champ d'honneur,

» Pour prouver ton amour, signaler ta valeur;

» Et, ce temps expiré, si ton âme est constante,

» Reviens, je te promets la main de ton amante.

    » Affreuse loi! Je pars le cœur désespéré;

» Je rentre en ma patrie à la douleur livré :

» Lorsqu'à la hâte, un jour, une lettre... O surprise!

» Une lettre de Blanche en mes mains est remise :

» — Ami! Blanche t'appelle, et requiert ton secours :

» Enlevée à son père au déclin de ses jours,

» Ta Blanche est au pouvoir du prince de Bavière.

» Ah! du fond de ma tour, ne sais si ma prière

» Oncques te parviendra... mais sais que vais mourir,

» Si délaisses ta Blanche et ne la viens quérir.

» Des premières amours, las! qu'a souffert ta mie!

» Robert, si tu n'es mien, plus ne veux de la vie.

    » A cet écrit fatal tout mon être a frémi :

» Plus rapide qu'un trait, de la France j'ai fui;

» J'ai revu Norbihand. — Amant tendre et fidèle!

» Me dit-il, sauve Blanche!.. Au château de Casselle,

» En une tour obscure, au fond d'une prison,

» Elle expire... livrée au lâche Tassilion:

» C'en est assez; je pars : la route m'est connue.

» Déjà Casselle au loin se présente à ma vue.

                                         6.

» Suivi d'un écuyer, du fidèle Mainfort,
» Aux approches du soir, je vole vers le fort.
» Deux fois j'ai fait le tour du chastel formidable :
» Nul indice!... Déjà le désespoir m'accable;
» Quand, du haut d'une tour, des sons mélodieux,
» En descendant vers moi, semblent partir des cieux.
» Le cœur me bat... Je prête une oreille attentive...
» C'étoit Blanche! O transports! une lyre plaintive
» Accompagnoit sa voix; et les airs frémissants,
» Ravis, portoient au loin ses célestes accents.

      » O doux ami Robert! au pouvoir d'un barbare,
» Jà, loin de toi, ta mie à la mort se prépare :
» Plus ors ne t'ouïrai; las! Blanche s'y résout :
» Robert! mourir n'est rien; mais te quitter, c'est tout.

      » Tremble, prince félon! Ame éhontée, abjecte,
» Qui croit planer en aigle, et sy rampe en insecte!
» Blanche sera vengée... Ai-je pas doux ami?
» Honte à qui vit pour toi! gloire à qui meurt pour lui!

      » Tant doux serments d'amour! las! plus en cette vie (2)
» Ne plongerez mon âme en douce rêverie!
» Au sombre val, dit-on, s'éteignent les amours...
» Non, non, j'ai trop aimé pour n'aimer point toujours.

» Doux semblant de Robert! toujours à ma pensée
» Sois présent! Et le jour où mon âme glacée
» Descendra chez les morts, échos de ce désert!
» Chantez tous avec moi : — Robert! adieu, Robert!

  » Lors ont cessé les chants. Hors de moi, je m'écrie :
» — Robert est près de toi... tendre et fidèle amie!
» Blanche! Robert t'appelle. O miracle d'amour!
» Ma voix est reconnue, et du haut de la tour,
» Blanche me tend les bras... Aussitôt à ma vue,
» A l'aide d'une corde aux créneaux retenue,
» En se laissant glisser, Blanche vers moi descend;
» Mais Tassillon, semblable au tigre rugissant,
» Tassillon sur la tour paroît... son cœur féroce
» A l'instant imagine une vengeance atroce :
» Il rompt la corde, et Blanche... ô déplorable sort!
» Contre les rocs brisée, au pied des murs du fort,
» Jusqu'à moi dans son sang roule pâle et livide.
» Je m'élance vers elle; une flèche perfide
» M'atteint, et sur son corps défiguré, meurtri,
» Sans voix, sans mouvement, je tombe anéanti.
  » Dieu cruel! ah! pourquoi me rendis-tu la vie?
» J'eusse aux funèbres bords retrouvé mon amie.
» Nous nous aimâmes trop au printemps de nos jours,
» Pour ne point nous aimer et partout, et toujours.
  » Au pied des murs du fort, mon écuyer fidèle

» Avoit suivi mes pas, et ce fut à son zèle

» Que je dus mon salut. Encore évanoui,

» Dans ses bras il m'enlève, et sous un toit ami,

» Loin du château fatal, il me rend l'existence.

  » Ici, fuyant le monde, et tout à ma souffrance,

» J'habite seul... Déjà plus de trois mois ont fui

» Depuis le jour fatal où tout me fut ravi.

  » Hélas! jadis la vie, au printemps de mon âge,

» Me sembloit une fleur, d'où, sans craindre l'orage,

» Sortoit un fruit superbe... Et maintenant, je crois

» Voir chacun de mes jours tomber derrière moi,

» Comme la feuille morte, à la fin de l'automne.

  » Une portion de moi chaque jour m'abandonne :

» Je m'éteins par degrés; à mon œil sans désir,

» L'espoir est sans rayons, le temps sans avenir.

  » Oh! plaignez mon destin! Voilà la douce rive,

» Et le bosquet où Blanche, entre mes bras captive,

» Un soir me fit goûter les délices des dieux!

» En proie au désespoir, chaque jour en ces lieux,

» Je viens sur ce gazon qui reposa ses charmes,

» Maudire mon destin, et répandre des larmes.

» Ici je fus heureux, ici je veux mourir! »

  Il dit : après ces mots, poussant un long soupir,

L'infortuné Robert que la douleur accable,

Pâle, oppressé, termine un récit déplorable.

Charle a saisi la main du malheureux amant.

« — Robert! dit le héros, Robert! ami vaillant!
» Qu'entends-je?... Toi, la fleur de la chevalerie,
» Ici honteusement tu finirois ta vie;
» Faible amant, guerrier lâche, et dans tes plus beaux jours!
» N'es-tu donc plus Robert?.. Quoi! Blanche et ses amours
» T'auroient avili! Non : ton amante fidèle
» Te contemple des cieux, sois encor digne d'elle :
» Son ombre, autour de nous errante en ce moment,
» Peut être par ma voix te parle. — Indigne amant!
» Dit-elle, Tassillon a terminé ma vie,
» Et Tassillon existe!.. Ah! combien ton amie
» Se trompoit, quand sa voix, de sa prison, un jour
» Chantoit ces mots plaintifs qui, du haut d'une tour,
» Te portèrent les vœux d'une amante outragée :
» *Ai-je pas doux ami? Blanche sera vengée.* »

O Charle! un coup de foudre eût produit sur Robert
Moins d'effet que ces mots... De ses armes couvert,
Il se lève... Son œil lance des traits de flamme;
Il reprend sa vigueur, il retrouve son âme;
En lui tout est changé, sa voix, même ses traits.
A genoux il se jette : — « O toi que j'adorois!
» Pardonne, ombre divine! Oui, tu seras vengée!
» J'en fais serment... Et toi, toi qui l'as outragée,
» Tremble, monstre! Robert a juré ton trépas! »
Il dit : de son monarque il va suivre les pas;

Et le prince a rendu, par sa mâle éloquence,
Un guerrier à la gloire, un héros à la France.

    Cependant Olivier, loin du temple fatal,
A reporté ses pas vers les murs d'Héristal :
Le roi l'ordonne ainsi : d'Olivier Charle ignore
La conduite légère. — « A la troisième aurore,
» A t-il dit au guerrier, de son roc descendu,
» Que Bozon, de mes plans par toi seul prévenu,
» Sur les bords du Veser donne une attaque feinte. »
    Plus heureux cette fois, sans obstacle et sans crainte,
Le paladin au fort arrive inattendu;
Mais hélas! d'Héristal Bozon a disparu :
Le désespoir y règne... Et dans la citadelle,
Chaque preux s'abandonne à sa douleur mortelle.
Qu'est devenu Bozon?.. Il s'est, dit-on, rendu
La veille au mont du Nord, et n'a plus reparu.
« — Amis, dit Olivier, sur la roche déserte,
» Peut-être en ce moment Bozon touche à sa perte,
» Et vous délibérez!.. Cruels! il faut agir :
» Courons tous sur ses pas le sauver ou mourir! »
« — Mais si pendant ce temps, Seigneur, la forteresse
» Est reprise d'assaut?.. — N'importe, le temps presse :
» Un seul guerrier souvent des peuples tient le sort.
» Il s'agit d'un héros, que nous importe un fort! »
Il dit : quinze guerriers, compagnie intrépide,

A l'instant avec lui volent au mont perfide.

Sous le roc enchanté, déjà depuis long-temps,
Bozon avoit perdu l'usage de ses sens,
Quand son œil se rouvrit à la clarté céleste.
O surprise!.. il se voit près de l'antre funeste,
Soutenu par Elma, sur le sable étendu.
Sans doute un dieu sauveur sur l'île descendu,
Les protégeoit tous deux : la vierge infortunée,
Par un charme secret vers Bozon entraînée,
Seule avoit parcouru l'antre d'enchantement,
Et seule avoit sauvé le héros expirant.

Méphitique et mortel, sous le roc solitaire (3),
Un air vif, s'élevant à quelques pieds de terre,
Couvroit le sol humide; et là, tout imprudent,
Qui, baissé l'aspiroit, tomboit sans mouvement.
Par quelque esprit divin, soutenue, inspirée,
La fille des déserts, sous la caverne entrée,
Jusqu'à l'air malfaisant ne courba point son front :
Evitant la vapeur, elle sauva Bozon.

Alors l'aube du jour commençoit à renaître;
Bozon surpris, troublé, cherche à se reconnoître :
La grotte, l'île, Elma, ses chants inattendus,
Rentrent dans sa mémoire en souvenirs confus;
Il croit rêver : Elma, douce et plaintive amie,

S'est jetée à genoux, et tremblante s'écrie :

« — Père des tourbillons ! de tes palais mouvants,

» Descends, descends vers nous en rayons bienfaisants !

» Au nom de Malvina* ma foible voix t'implore :

» Sauve un nouvel Oscar** ! Qu'au feu du météore,

» Le fils de l'avenir chante un jour sa valeur !

» Fingal, verse sur nous, du sein de la vapeur,

» La coupe du salut ! Fais que loin de sa tête,

» Mugissante et vaincue expire la tempête !

» Rends ta fille au bonheur ! Elle attend tout de toi :

» Ou pour lui que je meure, ou qu'il vive pour moi ! »

    Elle dit : tout à coup un géant formidable,

De ces bords dangereux souverain implacable,

L'affreux tyran d'Elma, l'odieux Athmerson,

De pied en cap armé, s'élance sur Bozon :

Bozon s'est relevé ; déjà son bras terrible,

Sur la rive du lac, combat le monstre horrible.

« — O fille de Cormac ! (s'est écriée Elma (4),

» Implorant ses aïeux) intrépide Morna !

» Jadis ton bras armé contre un guerrier parjure,

» Immola *Ducomar* sous la grotte de *Ture*.

» Que n'ai-je ton courage !.. Athmerson sur ce bord,

» Déjà depuis long-temps auroit reçu la mort.. »

    Non loin les deux guerriers combattent avec rage :

* Malvina, fille d'Ossian, l'Antigone du Nord.
** Oscar, fils d'Ossian.

Athmerson sur le preux semble avoir l'avantage ;
L'infortunée Elma pousse un cri douloureux,
S'adresse aux vents, supplie et la foudre et les cieux.
Sa frayeur de Bozon redouble la vaillance :
En vain quelques instants le succès se balance ;
Bozon va triompher : l'invincible Bozon
Vient d'enfoncer son fer dans les flancs d'Athmerson.
Le géant pousse un cri... Mais, ô noirceur nouvelle !
Aussitôt trois brigands que ce signal appelle,
Accourent vers leur chef. — « Amis ! frappez Elma !
» Frappez, crie Athmerson, sans crainte immolez-la !
» Toi, voyons, vil guerrier que l'insensée admire,
» Si tu sauras sauver ce que tu sus séduire ! »

Il dit : un des soldats de l'infâme Athmerson
Veut s'emparer d'Elma qu'en vain défend Bozon ;
Mais la vierge du lac s'échappe épouvantée,
Se précipite au fond de la grotte enchantée,
Et, seule, disparoît aux yeux de ses tyrans.

Nul n'ose la poursuivre en ces lieux effrayants ;
Mais Bozon furieux, frappant son adversaire,
Atteint d'un coup mortel ce monstre sanguinaire.
Déjà le lâche a fui, poursuivi par Bozon,
Quand les vils défenseurs du farouche Athmerson
Lèvent tous sur le preux leurs glaives homicides.

Pendant que le héros combat ces trois perfides,
Sous le roc enchanté s'élance le géant (5) :

Un bruit épouvantable, un affreux tremblement
A l'instant retentit... et sur ces bords infâmes,
Gouffre infernal, au loin l'antre vomit des flammes.

Les gardes d'Athmorson, abattus, tombent morts :
Le paladin français triomphe, et sur ces bords,
Vers l'antre redouté vole saisi de crainte :
Les airs ne tonnent plus, et la flamme est éteinte.
Sous la caverne il entre... O spectacle d'horreur !
Assis au fond du roc, l'infernal enchanteur
Tient captive en ses bras sa victime sanglante;
Et tous deux calcinés dans la grotte brûlante,
Offrent à l'œil surpris, sous un dôme enflammé,
Une cendre vivante, un groupe inanimé.
Ainsi dans Pompéia, sous la lave engloutie,
Se voit d'un peuple entier la foule ensevelie :
Tous, conservant leur forme, et là, comme agissants,
Depuis des siècles, morts, offrent leurs traits vivants.

Bozon s'est élancé vers le groupe insensible ;
Il veut saisir d'Elma le voile... Aspect horrible !
Le voile tombe en cendre... O guerrier généreux !
Ne touche point Elma, son image à tes yeux
Disparoîtroit de même, en poussière réduite.
Cependant Olivier et sa vaillante élite,
Ont gravi le rocher; déjà, sur des radeaux,

Du lac marécageux ils traversent les eaux,
Et découvrent Bozon sous la grotte cruelle.
   Mais le preux, accablé d'une douleur mortelle,
Debout, l'œil attaché sur un tableau d'horreur,
Ne regarde qu'Elma, ne sent que son malheur :
Un poids affreux l'oppresse, et dans ce lieu d'alarmes,
Pour la première fois ses yeux versent des larmes.
   Entraîné malgré lui loin du rocher fatal,
Bozon, triste et rêveur, rentre au fort d'Héristal.
Ses guerriers l'ont suivi : là sa douleur extrême
S'affoiblit par degrés, il revient à lui-même.
Des ordres de son roi par Olivier instruit,
Bozon prépare tout pour le combat prescrit;
Et d'Elma fuit bientôt l'image attendrissante,
Comme l'ombre nocturne à l'aube renaissante :
Heureux de retrouver sa troupe et son ami,
Il fit un songe affreux... Mais ce songe est fini.

FIN DU CHANT SEIZIÈME.

NOTES DU CHANT XVI.

(1)   Les voyages de Thor, ses épreuves, sa gloire.

Les courses de Thor, et ses épreuves sont fort divertissantes : je vais en donner quelque idée, en racontant succinctement une de ses aventures.

Thor part avec le dieu Lock et un jeune homme nommé *Tialfe*, pour le pays des Géants. Après quelques incidents, ils entrent un soir dans une maison, qui se trouve être le gant d'un géant énorme avec lequel ils font connoissance, et qui le lendemain fait route avec eux.

La nuit suivante, Thor, mécontent du géant, le frappe pendant son sommeil de sa massue, et la lui enfonce dans la tête. Le géant se réveille paisiblement, et demande si c'est une feuille d'arbre ou une plume d'oiseau qui l'a touché : puis il se sépare de Thor.

Les voyageurs arrivent à la capitale du pays des Géants, et chez le roi ; mais nul n'y peut rester, s'il n'excelle dans quelque art. Lock dit qu'il mange plus que personne au monde ; et de suite on le met aux prises avec un courtisan nommé *Loge* (flamme) : des montagnes de viandes sont placées devant eux , chacun a tout dévoré ; mais Lock a laissé les os, et Lock est vaincu.

Tialfe dit qu'il est le roi de la course ; on lui donna pour adversaire un courtisan nommé *Hugo* (la pensée) : Tialfe étoit à peine parti, que déjà Hugo étoit au but.

Thor déclare que nul ne peut boire autant que lui ; on lui présente une longue corne : Thor altéré boit long-temps, et à perdre haleine ; mais la coupe reste toujours pleine. Il vante alors son adresse ; on lui propose de lever de terre un grand chat couleur de feu, qui sautoit au milieu de la salle : le dieu le saisit, veut l'enlever ; mais le chat courbe son dos, et ne perd terre que d'un seul pied. Thor vantoit ses forces ; le roi lui présente sa nourrice *Héla* (la mort) : après un combat terrible, Thor tombe sur un genou ; Thor est vaincu.

Thor mécontent, quitte le royaume ; mais avant son départ, le
roi lui dit : — « Des prestiges vous ont abusé : c'est moi-même
» que sur votre route vous frappâtes de votre massue : j'eusse
» péri, si vos coups n'eussent tombé sur un roc derrière lequel
» j'étois caché : Lock a lutté contre un feu errant ; et Tialfe a
» disputé le prix de la course à ma pensée : un des bouts de la
» corne, dans laquelle vous avez bu, trempoit dans la mer, et
» vous verrez combien elle est diminuée : mon chat n'étoit autre
» que le grand serpent, qui ceint la terre et les mers : nous avons
» frémi, car votre bras l'a enlevé si haut, que sa tête et sa queue
» touchoient à peine la terre : ma nourrice étoit la mort ; et
» votre résistance a été merveilleuse, car vous en avez été quitte
» pour tomber sur un genou, tandis qu'il n'est et ne sera jamais
» personne qu'elle n'abatte à la fin. » Thor répondit à ce discours
par un grand coup de massue ; mais le roi disparut, et lorsque
le dieu retourna vers la ville pour la saccager, il ne trouva plus
à sa place que de vertes campagnes.

(2)   Tout deux serments d'amour.

Après avoir fait entendre les chants sauvages des Skaldes, la
harpe ossianique des bardes, le luth harmonieux des vierges de
la Grèce ; ici je cherche à rappeler les doux accords du lai plaintif, les naïfs accents de la muse française des troubadours.

La majesté de l'épopée excluoit l'antique romance..... Il est
des chants interdits à la muse d'Homère ; je les ai réservés pour
le second ouvrage auquel je travaille.

Si dans mon Charlemagne j'ai réussi à présenter un nouveau
genre de poème épique, une épopée, joignant la majesté sévère
des œuvres antiques à l'intérêt dramatique des œuvres modernes,
peut-être dans le second travail dont je m'occupe, offrirai-je
aussi à ma patrie un nouveau genre d'ouvrage, une composition
tout-à-fait française, une muse nouvelle.

A la fois naïf et dramatique, sévère et badin, tragique et plai-
sant, tantôt s'élevant jusqu'au genre épique, tantôt descendant jusqu'au genre burlesque, mon nouveau poème fera ré-
sonner toutes les cordes de la lyre ; tous les tons lui seront fami-

liers ; tous les rhytmes poétiques lui seront égaux ; tous les écarts lui seront permis ; toutes les lices lui seront ouvertes.

S'élançant, sur les ailes de l'imagination, au milieu d'une carrière sans bornes, en ce nouvel essor, ma muse indépendante, renversant tous les obstacles, parcourra et les routes battues, et les sentiers ignorés; tour à tour gracieuse et farouche, sublime et familière, pathétique et facétieuse, faisant rire ou frissonner, nymphe, furie, amazone, pastourelle ou fée, elle enrichira ses tableaux animés de toutes les diverses couleurs dont le génie des temps pourra couvrir sa palette.

Enveloppée du modeste voile de l'allégorie, ou nue sur le char de la vérité, tantôt, enfant de la folie, elle secouera ses grelots légers ; tantôt, fille de la sagesse, elle transmettra sa morale austère. Armée du fouet de la satire, embouchant la trompette, ou jouant du chalumeau, elle traversera les palais des rois ; s'asseoira à la table des pâtres de la vallée ; descendra au fond des noirs souterrains du manoir féodal ; poursuivra les mécréans ; évoquera les spectres infernaux ; rira avec les jongleurs et les ménestrels ; assistera aux joutes et *emprises* des chevaliers, aux fêtes des troubadours, au supplice des félons ; présidera au conseil des princes ; folâtrera avec les nymphes du vallon ; marchera, le flambeau des furies à la main, devant les tyrans homicides ; visitera l'hermitage antique, et les palais enchantés ; dévoilera les mystères des couvents de *moines noirs* ; récitera le soir à la veillée le *palinod* et les fabliaux ; soulevera les tapisseries mystérieuses des tourelles hantées, et toujours française, chantera la patrie, les héros, et les belles.

Un seul genre dominera dans cette vaste composition, *la satire*.

(3)   Méphitique et mortel, sous le roc solitaire,
        Un air vif s'élevant à quelques pieds de terre.

Le prodige de la grotte enchantée s'explique ici par un effet de la nature. Il existe aux environs de Naples une caverne exactement semblable à celle d'Elma : le même air méphitique y règne, et y produiroit les mêmes effets funestes, si le voyageur, avant d'y entrer, n'étoit prévenu du danger. En d'autres pays il en existe encore de semblables.

(1)   O fille de Cormac !.. Intrépide Morna !..

Morna, fille de Cormac, roi légitime de l'Irlande, aimoit le jeune Cairbar : Ducomar, rival de ce dernier, se présente devant Morna, tenant un glaive ensanglanté : Ducomar venoit de tuer Cairbar. — « Barbare, s'écrie Morna, donne-moi cette épée ; » j'aime le sang de Cairbar. » Ducomar touché de ses larmes lui cède son épée, elle la lui plonge dans le sein : Ducomar tombe mourant aux pieds de Morna, dans la grotte de Tura. « Je » meurs, s'écrie-t-il ; mais, ô Morna ! rends mon corps à la » jeune Moïna : j'étois l'objet de ses songes ; elle m'élèvera un » tombeau..... Mais, de grâce, retire de mon sein ce fer qui me » glace. » Morna s'approche attendrie, retire le glaive : alors Ducomar la saisit, et perce le sein de Morna ; elle tombe, et la grotte de Tura répéta ses derniers gémissements. (Voyez *poëme du Fingal*, Chant I , traduit de LE TOURNEUR, p. 12.)

(2)   Sous le roc enchanté s'élance le géant.
      Un bruit épouvantable.....

Ce prodige est encore vraisemblable, et peut s'expliquer naturellement. Il est des airs susceptibles de s'enflammer tout à coup , de faire entendre une détonation horrible, et de produire les mêmes effets que ceux de ma grotte enchantée.

FIN DES NOTES DU CHANT SEIZIÈME.

2.   7*

CHANT XVII.

Cependant Vitikind, retranché dans son camp,
Du temple d'Irmensul apprend l'embrasement :
Alors, contre leur chef dirigeant leurs injures,
Quelques séditieux éclatent en murmures.
Sur les bords du Veser, l'un d'eux, le jeune Armhil,
Rassemble ses soldats : — « Compagnons! leur dit-il,
» Trop long-temps Vitikind, féroce et téméraire,
» Du sang de ses sujets ensanglanta la terre :
» D'un tyran malheureux désertons les drapeaux !
» Avec lui nul succès, et sous lui nul repos!
» Pour l'homme ambitieux, qui veut, en sa patrie,
» Se faire pardonner forfaits et tyrannie,
» Il n'est qu'un seul moyen, amis!.. c'est d'être heureux :
» Tout chef est criminel dès qu'il est malheureux.
» Pour régner sur un peuple amoureux de la gloire,
» Je ne connois de droits que ceux de la victoire;
» Et Vitikind vaincu n'est qu'un proscrit pour moi.
   » Un grand homme a paru, choisissons-le pour roi :
» Charle est digne de nous, plaçons-le à notre tête;
» Et soyons ses sujets, sans être sa conquête.
   » Ah! quels que soient des rangs, et le droit, et l'appui,

» Qui rend un peuple libre est seul digne de lui.

» Guerre au vain préjugé! haine au titre illusoire!

» La légitimité... c'est l'honneur et la gloire !

    » Entre Charle et le chef qui commande aux Germains,

» Pourriez-vous, compagnons, demeurer incertains?

» L'un démembre un Etat, l'autre fonde un empire ;

» L'un vient pour nous sauver, l'autre va nous détruire;

» L'un méconnoît nos droits, l'autre les maintiendra;

» L'un est à soutenir, l'autre nous soutiendra...

» L'outrage ou le respect, la mort ou la victoire,

» D'un côté le malheur, et de l'autre la gloire,

» Choisissez. » Mais Rhamnès l'interrompt en ces mots :

« — Qu'entends-je!.. des Français, toi! vanter le héros!..

» Que vois-tu donc en lui qui ne soit à maudire?

» Ses proclamations auront su te séduire!..

» Mais, aux peuples trompés, toujours l'usurpateur

» Se présente paré du grand nom de sauveur ;

» Offre la liberté, promet l'indépendance,

» Et, tout gorgé de sang, ne parle que clémence.

    » Armhil ! plus de tyrans! plus d'arbitraires lois!

» Formons un peuple libre, et gouvernons sans rois :

» Brisons leur joug honteux !.. Tout prince, sur la terre,

» Est esclave ou despote, est lâche ou téméraire.

» Eh quoi! ne serions-nous que de chétifs troupeaux,

» Vile propriété de quelques grands bourreaux?..

» Non; réclamons nos droits : puisque les dieux suprêmes

7.

» N'offrent que des tyrans pour images d'eux-mêmes,

» Plus de rois!.. » Vitikind, des traîtres de son camp,

N'ignore point les cris, au conseil il se rend :

Une noble fierté brille sur son visage.

« — Saxons! dit le monarque à sa troupe sauvage,

» En ce jour qu'ai-je appris!.. Nos ennemis cruels

» D'Irmensul ont brûlé le temple et les autels ;

» Et quelques uns de vous, que le joug importune,

» Ne pouvant à leur chef pardonner l'infortune,

» Murmurent hautement : sont-ce là les grands coups,

» Les exploits éclatants que j'attendois de vous?

» Oseriez-vous encor, traîtres à l'Allemagne,

» Honteusement soumis implorer Charlemagne!

» Oubliez-vous le jour où, tombant à ses pieds,

» Quatre mille Saxons, lâchement effrayés(1),

» Sur les funestes bords où serpente l'Alare,

» Furent tous massacrés par ordre du barbare?

» De ces infortunés craignez l'horrible sort!

» Lorsqu'ils imploroient Charle, il ordonnoit leur mort.

   » Ah! lorsqu'à Dagobert vos aïeux se rendirent (2),

» Oubliez-vous l'accueil que les Français leur firent?..

» Jaloux de leur stature, un décret plein d'horreur

» Les fit réduire tous à la même hauteur :

» Leurs os furent rompus, et leur chair fut coupée,

» De sorte que du roi nul n'excéda l'épée.

» Saxons! des paladins voilà les noirs forfaits!

» Osez encor, osez vous soumettre aux Français!

» Rois du Nord! si les preux, triomphant sur ces rives,

» Joignent à leurs Etats nos provinces captives,

» C'en est fait! des Romains le pontife, à l'instant,

» Proclame Charlemagne empereur d'Occident;

» Et l'Europe appartient au maître de la France.

» Alors quelle sera, princes, votre espérance?

» Vainement vous fuirez dans vos lointains climats;

» Plus il aura conquis, plus il voudra d'Etats.

» Ni les temps, ni les lieux, ni les feux, ni les glaces,

» N'arrêtent ce tyran, dont la mort suit les traces.

» Vos trônes tomberont; ou si, faisant la paix,

» Il vous daigne accorder de perfides bienfaits,

» Vous ornerez sa cour, au lieu d'en avoir une;

» Vous vous dépouillerez pour grossir sa fortune;

» Vos trésors suffiront à peine à ses impôts :

» Chefs! vous serez soldats; rois! vous serez vassaux.

» Quels seront vos pouvoirs, princes? L'obéissance;

» Quel sera votre lot?.. La honte, l'impuissance;

» Et quelle paix enfin tiendrez-vous du héros?

» La paix de l'esclavage, ou la paix des tombeaux.

» Me trahir, c'est vous perdre! O princes magnanimes!

» De vous-mêmes craignez de vous rendre victimes!..

» Mais, que dis-je!.. un vain bruit peut ici m'abuser;

» Quelques jaloux à tort ont pu vous accuser :

» Aurions-nous donc armé toute la Germanie,

» Pour délaisser nos dieux, et trahir la patrie!

» N'aurions nous rassemblé vingt monarques divers,

» Que pour les dégrader aux yeux de l'univers!

» Non; pour nous va sonner l'heure de la victoire :

» Chaque peuple, à son tour, a son moment de gloire.

 » L'Europe nous seconde... Apprenez, qu'en secret,

» S'arment les Sarrasins* : ah! si le ciel permet,

» Qu'ici quelque triomphe illustre la patrie,

» L'Espagne, au même instant, fond sur l'Occitanie.

 » Irène au roi de France a fait offrir sa main;

» Son offre est rejetée : Irène, sur l'Euxin,

» Furieuse, arme au loin cent phalanges guerrières :

» Ses légions déjà s'avancent vers nos terres :

» La reine de Bysance à Charle, en ce moment,

» Ici vient disputer le sceptre d'Occident :

» Et pour le lui ravir servant notre vengeance,

» Par le Nord, son projet est d'envahir la France.

 » Charle a souvent vaincu; mais les lauriers brillants

» Ne prennent point racine au front des conquérants.

» Si mon plan l'autre jour au conseil eût su plaire,

» Ah! moins de sang humain eût abreuvé la terre :

» Et peut-être déjà Charle eût fui devant nous.

---

 * Aliatan, roi de Cordoue, arma contre Charlemagne tandis qu'il étoit en Germanie, et étoit en correspondance secrète avec les rois du Nord. (Voy. DUPLEIX et MÉZERAI. — MARMOL., liv. II, c. XX.)

» Mais laissons là ce plan, qui fut blâmé par vous :

» Guidez-moi, j'y consens; mon projet, je l'oublie;

» Même mon propre orgueil, je vous le sacrifie.

  » Mais avant d'attaquer le monarque français,

» Cherchant de l'avenir à percer les secrets,

» Je désire, introduit dans son auguste asile,

» De Haéder aujourd'hui consulter la sibylle.

» Haéder, ce sombre dieu qui commande aux enfers (3),

» Des ennemis du Nord peut hâter les revers :

» A nos armes tâchons de le rendre propice ;

» Courons sur ses autels offrir un sacrifice;

» Consultons sa prêtresse, et par des soins pieux

» Armons contre la France et l'enfer et les cieux. »

  A ce discours, des Huns le souverain impie,

Mondragant s'est levé, l'audacieux s'écrie :

« — Illustre défenseur d'un peuple valeureux !

» Faut-il donc que toujours je m'oppose à tes vœux !

» Ecoute mes conseils, ils pourront te déplaire...

» N'importe !.. aux vrais guerriers la feinte est étrangère.

  » Par tes plans eût coulé moins de sang sur ces bords,

» Dis-tu :.. mais que nous font et l'armée et ses morts?

» Tout est fait pour les grands, tout est sous leur puissance

» Songe à vaincre!.. Le reste est de peu d'importance.

» Nos sujets sont nos biens : crois-tu donc que le sort

» S'occupe de leur vie, ou remarque leur mort?

» Si le ciel les créa, ce fut pour notre gloire :

» Leur sang vil n'a de prix qu'aux champs de la victoire :

» Et dans leurs rangs obscurs, s'ils montrent des talents,

» Le destin pour nous seuls leur a fait ces présents.

   » Point de lâche pitié! rois! songeons qui nous sommes!

» Les vulgaires humains sont nés pour les grands hommes.

» Tu ménages leur vie; à quoi bon tant de soins?

» Leur gloire est de mourir pour servir nos besoins :

» Et pour nous leurs pareils croissent dans la nature,

» Comme le grain des champs naît pour notre pâture.

   » Eh! pourquoi consulter des oracles douteux?

» Nos bras te défendront mieux que tes tristes dieux.

» Vois ton foible Irmensul! Sur son autel en cendre,

» Des attentats de Charle a-t-il su se défendre?

» Quel bien vous a-t-il fait? Quels coups a-t-il portés?

» Ah! laissez là vos dieux vainement redoutés :

» Quel secours espérer de ces êtres suprêmes?

» Loin de nous faire vaincre, ils sont vaincus eux-mêmes :

» Loin de nous secourir, ils ont besoin de nous.

   » Et quand même ils pourroient fortifier nos coups,

» Est-il besoin du ciel pour terrasser la France?

» Roi des Saxons, en nous prends plus de confiance.

» Crois-tu donc Charle un dieu? Vitikind! désormais

» N'abaisse point ainsi l'orgueil de tes sujets :

» Si tu veux mériter l'amour de l'Allemagne,

» Vante tes alliés, et non ton Charlemagne.

   » Quant aux prédictions d'oracles imposteurs,

» Je le répète encore, abjure tes erreurs :

» Aux camps ce ne sont point les prêtres, les oracles,

» C'est la seule valeur qui produit les miracles.

» Quand l'homme sur la terre, ennemi du forfait,

» Mit en vigueur des lois, il crut avoir tout fait ;

» Mais bientôt, comme base à l'édifice même,

» Il inventa des dieux, puis un seul dieu suprême ;

» Puis se lassa d'eux tous. Osiris, Jupiter,

» Irmensul, Odin, Dieu, Niflein, le Styx, l'Enfer,

» Tout est du même auteur, qui, las de son ouvrage,

» Commença par l'encens, et finit par l'outrage.

  » L'homme peupla le ciel, l'homme est père des dieux.

» Vitikind, la raison nous ouvre assez les yeux :

» Du politique adroit tout culte fut l'ouvrage :

» C'est un frein pour le peuple, un jouet pour le sage.

» Chef, parle à tes soldats ! roi, fais taire tes dieux ! »

Le prince des Lombards, guerrier impétueux,

Irrité d'un discours non moins altier qu'impie,

Soudain prend la parole, et vivement s'écrie :

« — Vitikind, ton discours est noble et généreux !

» Trop souvent tu plies ton orgueil à nos vœux :

» A te servir zélé, notre amour t'environne ;

» Cesse de consulter, en ce moment ordonne !

» Prince ! un faux bruit t'abuse... Exterminer les Francs,

» Tel est le vœu des chefs, tel est le cri des camps !

» Nous rendre à Charle!.. Nous! non, sa tombe est ouverte;
» Et ses propres succès ont commencé sa perte.

    » Mais tu veux consulter les oracles des dieux :
» Tout guerrier plein d'honneur doit approuver tes vœux.
» L'homme ennemi du ciel est l'horreur de la terre;
» Méprisons ses discours. Nobles fils de la guerre,
» Nous vaincrons en quittant les marches de l'autel :
» Le chemin de la gloire est la route du ciel! »

    Le roi des Huns, joignant l'ironie à l'outrage,
L'interrompt.—« Roi sans trône, et guerrier sans courage,
» Il te sied bien à toi de donner tes avis!
» Insensé! cours prier ces dieux que tu chéris!
» Leur puissance orgueilleuse à la tienne est semblable :
» Ils sont nuls comme toi. Va, guerrier redoutable,
» Va prosterner ton front que jamais la valeur
» N'ombragea de lauriers et ne couvrit d'honneur!
» Va, ton Haéder t'attend! Aux prêtres, aux sibylles,
» Mortels dignes de toi, porte tes vœux stériles.
» Lorsqu'il naît comme toi des guerriers malheureux,
» Inhabiles à tout... on les consacre aux dieux. »

    Il dit; et, s'éloignant d'Adalgise en furie,
Mondragant de ses Huns rejoint la troupe impie.

    Mais de ce roi du Nord les discours insultants,
Du héros des Saxons n'ont point changé les plans.
De ses plus grands guerriers Vitikind s'environne;

Le clairon retentit, la trompette résonne ;
Ils marchent à pas lents; leurs bataillons nombreux
Elèvent vers le ciel des chants religieux ;
Et les prêtres sacrés, qu'honore la patrie,
Guident l'ordre pompeux de la cérémonie.

  Sur les bords du Veser, non loin du camp saxon,
Sur un large trépied, dans un antre profond,
Du terrible Haéder la farouche prêtresse,
De l'avenir, dit-on, perce la nuit épaisse :
Son front paroît courbé sous le fardeau des ans;
Mais la flamme qui brille en ses regards ardents,
Ses cheveux noirs épars, sa sauvage rudesse,
Lui conservent encor une ombre de jeunesse.
A l'aspect des héros, dans son antre introduits,
La sibylle en fureur remplit l'air de ses cris :
Luttant contre le dieu prêt à s'emparer d'elle,
Sur son trépied sacré son regard étincelle.
Groupe de marbre noir, les *Nornes** de Haéder (4),
Là présentent l'aspect des reines de l'enfer.
L'une d'elles, *Sculda*, se voile d'un nuage :
Se jetant à leurs pieds, la prêtresse sauvage
Pousse des cris plaintifs, accents tumultueux :
Une invincible horreur hérisse ses cheveux :
Son sein gonflé mugit... Le dieu de l'imposture,

* Les *Nornes*. Elles sont au nombre de trois. Ce sont les Parques
scandinaves.

Dans son cœur égaré, souffle sa flamme impure :
La sibylle veut fuir... Terrible, l'œil en feu,
Elle sent dans son corps descendre le faux dieu :
Il enchaîne ses pas, par sa bouche il écume :
Un feu sombre et sinistre autour d'elle s'allume :
Ses traits sont renversés : de ses lèvres soudain
S'échappe ce discours : — « Que veux-tu, Vitikind?
» *Urda** t'immortalise, et *Vérandi*** t'admire.
» Que veux-tu?.. Hâte-toi, parle!.. le dieu m'inspire. »
« — Prêtresse de Haéder! lui répond Vitikind,
» J'implore en ma faveur le prince de Niflein***.
» Daigne, versant sur nous ta sagesse inspirée,
» Nous laisser de *Mimis* boire l'onde sacrée (5) :
» Redoutable Pythie! assure nos succès :
» De Sculda **** devant nous lève le voile épais :
» Instruis-nous des moyens de hâter la victoire!
» Le Dieu des Francs vaincu couvre ton dieu de gloire. »
     De la sibylle alors les esprits éperdus
S'égarent... On n'entend que quelques sons confus :
« — Saxons! une Druïde... une vierge en démence...
» Peut vous perdre... Immolez le héros de la France!
» S'il meurt, le monde entier tombera sous vos coups :

---

* *Urda* est le passé.
** *Vérandi*, le présent.
*** Les enfers.
**** *Sculda*, l'avenir. (Voy. la note 4 de ce Chant.)

» Haéder parle... Saxons! les enfers sont pour vous. »

   Elle dit ; son regard est sinistre et farouche :
Ses mots entrecoupés se traînent dans sa bouche :
La pâleur de la mort se répand sur son teint :
Autour de son trépied le feu sacré s'éteint :
Tel qu'un marbre glacé son corps reste immobile :
Haéder s'est échappé du sein de la sybille ;
Et l'antre, le trépied, et l'oracle trompeur,
Disparoissent couverts d'une épaisse vapeur.

   Le héros des Saxons et sa troupe vaillante
Sortent à pas pressés de la grotte effrayante,
Dont l'air épais et froid, les feux noirs et maudits,
Ont suffoqué leurs sens, et glacé leurs esprits.
Pour rendre encor Haéder à ses vœux plus propice,
Vitikind près de l'antre ordonne un sacrifice.
Par deux prêtres soudain, sur l'autel érigé,
En l'honneur de l'idole un bouc est égorgé.
Enfonçant le couteau dans ses chairs palpitantes,
Leurs mains ont découvert ses entrailles fumantes ;
Et l'augure sacré, s'adressant au héros,
Regarde la victime, et prononce ces mots :
» —En l'un des camps rivaux, bientôt un monstre infâme
» Trempera son bras vil dans le sang d'une femme :
» Malheur à ce guerrier, et malheur à son camp !
» Tel est l'arrêt du ciel. » Il dit. Se prosternant

Près de l'autel sacré, le roi saxon s'écrie :

« — Je bénis votre arrêt, dieux de la Germanie!

» Est-il un seul de nous assez lâche en ces lieux,

» Pour avilir son bras par ce meurtre odieux?

» Tremblez, Français! le ciel, m'assurant la victoire,

» Vous prédit le malheur, et nous promet la gloire. »

    Déjà le jour baissoit : le prince des Saxons

Ramène vers son camp ses pieux bataillons.

L'orgueilleux roi des Huns devant eux se présente :

Dans son féroce cœur la vengeance fermente :

Le courroux étincelle en son œil menaçant;

Et pour calmer sa rage il faut des flots de sang.

    Auprès de Vitikind lentement il s'avance;

D'un air plein d'ironie il l'observe en silence;

Marche au sein des guerriers que hait son cœur jaloux;

Et sous un front serein déguise son courroux.

Tel, souvent l'air trompeur, méditant des orages,

De mille ondes d'argent pommèle ses nuages.

    L'héritier malheureux du trône des Lombards,

Adalgise soudain paroît à ses regards :

Ah! déjà trop long-temps le monstre usa de feinte;

Il veut à ses fureurs se livrer sans contrainte :

Entre tous les guerriers dans le camp répandus,

Adalgise est celui que son cœur hait le plus.

Adalgise au conseil, trop franc dans son langage,

Osa souvent du Hun parler avec outrage :
Ce roi du Nord l'aborde : — « O digne sang des rois !
» Toi qui défends si bien et ton trône et tes droits !
» Dit-il : noble héros! soutien de ta famille!
» Dis-moi, que t'a promis ta céleste sibylle?
» Le monde entier sans doute! Ah! tes brillants exploits,
» Tes conquêtes déjà font trembler tous les rois.
» Pour vaincre les Français, nos camps sont inutiles;
» Il ne faut qu'Adalgise aidé par des sibylles. »
      Il dit : le jeune fils du malheureux Didier,
A ces mots outrageants, veut répondre en guerrier;
Mais son fier ennemi, d'un son de voix terrible,
Brusquement l'interrompt : — « Conquérant invincible!
» Si mon langage franc a blessé ton grand cœur,
» De tomber sous tes coups accorde-moi l'honneur.
» Tes dieux, tes grands soutiens, punissant mon audace,
» Me forceront, sans doute, à te demander grâce :
» Illustre fils d'un roi, sous son trône englouti!
» Que crains-tu?.. des héros ta sibylle est l'appui. »
      Des rangs à ce discours il sort : d'un pas rapide,
Adalgise irrité suit le monstre perfide;
Et tous deux, descendus dans un vallon lointain,
Mettent avec fureur les armes à la main.
      La vierge de Bysance, amazone hardie,
Au prince des Lombards depuis long-temps unie,
Irzèle, alors tremblante, observoit son amant.

Hélas, le matin même, en tressant un *stylant*,
Bouquet allégorique, elle chantoit encore
Son héros bien-aimé, le captif du Bosphore.

« De l'Hellespont, bords enchanteurs !
» Divins parfums de l'Arabie !
» Pourquoi, sans regrets, sans douleurs,
» Dans le Nord, loin de vous, erré-je en Germanie ?
» Adalgise ! c'est qu'avec toi
» La nature partout est belle :
» Adalgise m'étant fidèle,
» Tout est amour autour de moi.

» Doux climats de la Romanie !
» Bois d'aloès du mont Kesrin*!
» Champs embaumés de l'Arménie !
» Des fils du grand Alla charmez l'heureux destin !
» Pour moi, près d'un héros, d'un époux que j'adore,
» Partout, fût-ce au milieu des glaces du Jutland,
» Je retrouverois du Bosphore
» Les parfums, le beau ciel, le climat caressant,
» Une nature enchanteresse.
» Lorsque Irzèle en ses bras presse le bien-aimé,
» Le ciel est toujours pur, l'air toujours embaumé,
» L'univers entier me caresse. »

* Kesrin ou Kesrouan.

De Mondragant Irzèle a prévu le desscin;
Elle suit Adalgise, et sur un mont voisin,
Regardant un combat qui fait frémir son âme,
Elle implore le ciel pour l'objet de sa flamme.

Chacun des deux rivaux repousse avec effort
L'audace par l'audace, et la mort par la mort.
Bientôt de leurs coursiers tous deux se débarrassent;
Combattants acharnés, se frappent, se menacent;
Et protégés, instruits par le dieu des combats,
Evitent tour à tour, et lancent le trépas.

Comme dans une forge où la terre s'allume,
Le lourd marteau tombant rebondit sur l'enclume,
De même des rivaux le glaive repoussé,
Sur le fer tombe, frappe, et recule émoussé.

Le prince des Lombards a redoublé d'audace;
De l'altier Mondragant il perce la cuirasse;
Il le poursuit, le presse, et d'un coup foudroyant,
Avec art dirigé, croit lui percer le flanc :
Mais une triple maille est sa triple ceinture;
Et le fer recourbé glisse contre l'armure.

Le monarque des Huns fond sur son ennemi;
Il semble à chaque coup lever la mort sur lui :
Mondragant a brisé l'armure d'Adalgise :
Le Lombard sent déjà que sa force s'épuise;
Son fer n'attaque plus, il pare lentement.

2. 8

Les coups multipliés de l'heureux Mondragant.
Tel Léandre jadis, dans une nuit cruelle,
Guidé par le fanal d'une amante fidèle,
Voyoit à chaque instant flots sur flots en fureur,
Abattre son espoir et dompter sa vigueur.
« — Jeune insensé proscrit! ta force est impuissante,
» (Dit l'audacieux Hun d'une voix insolente);
» Ton trépas est certain... Mais ne plains pas ton sort;
» M'avoir osé combattre illustre assez ta mort. »
Il dit : de sa fureur les noirs transports l'oppressent :
Du sang qu'il fait couler ses regards se repaissent :
Et le monstre, ravi de ses sanglants travaux,
Dévore sa victime, et jouit de ses maux.

Du haut de la montagne, à cette horrible vue,
L'infortunée Irzèle à genoux, éperdue,
S'écrie : — « O Mahomet! prophète du vrai Dieu!
» Sauve mon Adalgise, et seule, j'en fais vœu,
» A la Mecque j'irai sur ta tombe adorée,
» Aux jours du *Ramadan* *, bénir ta loi sacrée,
» Rien ne m'arrêtera, ni les gouffres des mers,
» Ni les vents *Sirod* **, ni les feux des déserts,
» Sauve mon Adalgise!.. Ou, s'il cesse de vivre,

---

* Les Arabes jeûnent les trente jours de la lune du *Ramadan*, époque qui ressemble à notre carême.
** *Sirod*, vent étouffant du sud-est.

« Épargne-moi du moins l'horreur de lui survivre. »
De le sauver alors l'espoir luit en son cœur :
Adalgise a paru recouvrer sa vigueur...
Tandis qu'entre les chefs flotte encor la victoire,
Elle saisit un dard en son carquois d'ivoire,
Elle bande son arc, et vise Mondragant.
Mais, ô malheur ! des Huns le monarque arrogant
Vient de porter les yeux sur l'illustre guerrière ;
Devinant son projet, courbant sa tête altière,
Il évite le dard, et la flèche en sifflant,
D'Irzèle va frapper le malheureux amant.
Irzèle ! qu'as-tu fait ? infortunée Irzèle !
Quel moment pour ton cœur ! ta main, ta main cruelle,
De ton fidèle époux a terminé le sort ;
En voulant le sauver tu lui donnes la mort.

A ce funeste aspect le roi des Huns s'écrie :
« — Adalgise ! ma main n'a point tranché ta vie :
» Non, cet excès d'honneur ne fut point fait pour toi :
« Pour te ravir le jour, vil fils d'un lâche roi !
» Apprends qu'il n'a fallu que le bras d'une femme :
» Cette femme est Irzèle, est l'objet de ta flamme :
» O comble de douleur ! infortuné guerrier !
» Tu périras encor sans la remercier. »
Contre Adalgise ainsi ce scélérat sauvage,
A l'horreur de la mort joint l'horreur de l'outrage :

8.

Mais ses lâches discours sont bientôt superflus;
Adalgise soupire, Adalgise n'est plus.

    L'épouse du Lombard, égarée, expirante,
Sent son cœur se glacer d'horreur et d'épouvante :
Immobile, l'œil sec, et les cheveux épars,
Irzèle lève au ciel de sinistres regards :
Puis, sortant brusquement de sa stupeur funeste,
Et de sa vie éteinte encor cherchant un reste,
Elle vole à l'endroit où le fier Mondragant
Contemploit son rival, mort, baigné dans son sang.
Sur le corps d'Adalgise elle tombe, et s'écrie :
« — Après t'avoir perdu, subirais-je la vie!..
» Non, ta mort est la mienne, et ton cercueil m'attend.
» Adalgise! Adalgise, ô cher et tendre amant!
» Quand sous tes coups peut-être alloit tomber l'impie,
» Quoi! la main de l'amour a pu trancher ta vie!..
» O mon cher Adalgise! Irzèle est dans tes bras,
» Ton Irzèle t'appelle, et tu ne l'entends pas!..
» Dieu! daigne me rejoindre à son ombre plaintive!
» Adalgise n'est plus... Se peut-il que je vive!
» Gloire, univers, bonheur, à mes yeux aujourd'hui
» Qu'êtes-vous!!!.. Il n'est plus, tout est anéanti. »
    Elle dit : à ces mots, se frayant un passage,
Des larmes par torrents coulent sur son visage;
Et livide d'horreur, de son illustre amant,

Irzèle, dans ses bras, presse le corps sanglant :
Telle, frappant son sein, éperdue, égarée,
Sur le corps d'Adonis, la tendre Cythérée
Seroit morte d'amour, en ses regrets affreux,
Sans l'immortalité qu'elle reçut des dieux.

Le roi des Huns, non loin, s'offre aux regards d'Irzèle :
L'odalisque en fureur se relève, l'appelle,
Saisit, bande son arc, et d'un bras menaçant,
Vise un dard redoutable au cœur de Mondragant :
Mais hélas! ses transports, sa fureur violente,
En égarant ses yeux, troublent sa main tremblante :
Le trait vole, et sa pointe épargnant l'assassin,
Siffle au milieu des airs qu'elle traverse en vain.

Alors le Hun sauvage, en son courroux barbare,
S'est écrié : « — Ta main, fière Irzèle, s'égare :
» Si jamais ton amant n'est vengé que par toi,
» Je le plains... Mais, pour prix de ta constante foi,
» Au prince des Lombards je prétends rendre Irzèle :
» A ses mânes je veux que tu restes fidèle :
» Des femmes le tombeau peut seul sauver l'honneur;
» Vas donc y retrouver l'idole de ton cœur !
» Je t'épargne aujourd'hui l'horreur de lui survivre ;
» Et serois trop cruel si je te laissois vivre. »

Il dit : loin d'admirer ses attraits ravissants,

Le monstre, sans pitié pour ses cris gémissants,
D'une féroce main perce le cœur d'Irzèle;
Dieux! il ose frapper ce sein tendre et fidèle,
Dont l'enfant de Cythère arrondit les contours,
Et que devoient encor embellir les amours.

Auprès de son amant, que son œil cherche encore,
Elle tombe... Elle sent, à peine en son aurore,
Les sources de la vie en elle se tarir...
Irzèle est satisfaite, Irzèle va mourir.

Recueillant ses esprits, l'infortunée Irzèle
Regarde son bourreau : — « Scélérat! lui dit-elle,
» Ton triomphe est ta perte, et ma mort ton arrêt :
» D'un augure sacré le céleste décret
» A prédit le malheur de l'assassin infâme,
» Qui baigneroit ses mains dans le sang d'une femme :
» Oui, c'en est fait! tu perds par ce crime effrayant
» La Germanie, et toi... Monstre! l'enfer t'attend. »

A ces mots, prononcés d'une voix solennelle,
Sans force et sans chaleur, l'odalisque fidèle
Se penche sur le sein de son jeune héros,
Et laisse encor tomber ces lamentables mots :
« — Adalgise! Adalgise! en tes bras je succombe.
» Douce mort! Cher époux! je te suis dans la tombe.
» Adalgise! en tous lieux compagne de ton sort,
» J'ai partagé tes maux, je partage ta mort.
» Que ne puis-je, en pressant ma bouche sur la tienne,

» Et recevoir ton âme, et te donner la mienne !
» Adieu, cher Adalgise !.. » elle dit ; et soudain,
Un reste d'existence échappe de son sein :
Ses yeux se sont fermés, ses lèvres demi-closes
Gardent encor l'éclat et la fraîcheur des roses :
Mourante, elle paroît plus belle que jamais :
La mort même étonnée admire tant d'attraits,
Et doute du pouvoir de sa faux ennemie.
Irzèle n'est point morte, Irzèle est endormie.

FIN DU CHANT DIX-SEPTIÈME.

NOTES DU CHANT XVII.

(1)   Quatre mille Saxons, lâchement effrayés,
        Sur les funestes bords où serpente l'Alare,
        Furent tous massacrés par ordre du barbare.

Dans toute la vie de Charlemagne on ne trouve que cette seule tache : mais les éternelles révoltes des Saxons avoient dû nécessairement l'irriter ; et Charle espéroit, en intimidant ce peuple par un grand exemple, parvenir plus tôt à le soumettre : en répandant le sang de ces quatre mille Saxons, il se flattoit d'empêcher qu'il n'en fût versé davantage ; et l'on aime à croire que ce fut encore l'amour de la paix qui dicta cette mesure sanguinaire. Charles ne fit cependant qu'irriter davantage les Saxons ; il s'égara dans son faux calcul ; mais quel est l'homme de génie qui n'ait jamais failli ? quel est le grand homme qui n'eut jamais d'erreurs ?

(2)   Ah ! lorsqu'à Dagobert vos aïeux se rendirent.

On ne peut lire sans indignation cet horrible trait de la vie de Dagobert : après avoir remporté une victoire éclatante contre les Saxons, ce monarque barbare condamna ses prisonniers au supplice de se voir couper autant de pouces de chair qu'il en falloit pour réduire leurs tailles à la hauteur de son épée. L'histoire n'offre que ce seul exemple de cette bizarre et horrible boucherie. L'épée de Dagobert devoit être longue, car Dagobert lui-même avoit plus de six pieds. A l'exhumation de Saint-Denis, on trouva intact le corps de ce prince mort en 638. Vu sa taille énorme, on avoit été forcé de séparer sa tête du corps, pour le faire entrer dans sa bière. (Voyez à ce sujet les notes du t. IV. p. 419 du *Génie du Christianisme*.)

(3)   Hadder, ce sombre dieu qui commande aux enfers.

Les Druides avoient persuadé aux peuples du Nord, qu'ils descendoient de Pluton, dieu des enfers, qu'ils nommoient

Halder ou l'*aveugle*. (Voyez BERNARDIN DE SAINT-PIERRE, *Frag. sur l'Arcadie*, ou TACITE, *de Mor. Germ*).

(4)   Groupe de marbre noir, les *Nornes* de *Halder*.

Près de la fontaine de Mimis, qui est sous le frêne Idrasil, il y a une villa extrêmement belle, qu'habitent trois vierges, nommées *Urda* (le passé), *Vérandi* (le présent), et *Scalda* (l'avenir); ce sont elles qui dispensent les âges des hommes; on les appelle *Nornes*, fées, ou parques. (Voyez l'*Edda myth.* de MALLET, VIIIe fable, p. 36).

(5)   Nous laisser de *Mimis* boire l'onde sacrée.

Sous une des racines du grand frêne Idrasil, racine qui va chez les Géans, où étoit autrefois l'abîme, est une célèbre fontaine, dans laquelle sont cachées la sagesse et la prudence. Celui qui la possède se nomme Mimis : il est plein de sagesse, parce qu'il y boit tous les matins. Un jour le Père universel vint demander à boire un coup de cette eau ; mais il fut obligé de laisser pour cela un de ses yeux en gage. Comme il est dit dans la *Voluspa*. — « Odin ! où as-tu caché ton œil ? Je le sais : c'est dans la li- » quide fontaine de Mimis. Tous les matins Mimis verse de l'hi- » dromel sur le gage qu'il a reçu du Père universel. Entendez- » vous cela ou non ? » (Voyez l'*Edda* de MALLET, VIIIe fable, pag. 36).

FIN DES NOTES DU CHANT DIX-SEPTIÈME.

CHANT XVIII.

Une profonde nuit couvroit encor la terre,
Quand Vitikind, sorti de sa tente guerrière,
Vent porter sur son camp un œil observateur.
De quelques feux épars la mourante lueur,
Éclaire du guerrier la marche solitaire.
Tout dort... De toutes parts règne un ordre sévère :
Et le chef satisfait erre silencieux,
Sur les bords du Veser. Non loin, s'offre à ses yeux
Le saule de Vara* : Sous sa feuillée épaisse,
Là, dit-on, des serments l'immortelle déesse,
Daigne à l'amant fidèle, au guerrier belliqueux,
Se montrer quelquefois, et de dons précieux
Combler ses favoris. Temple agreste et sauvage,
Vara! ton saule antique est l'orgueil du rivage!

Devant l'arbre sacré s'arrête le Saxon :
Ah! de Vara peut-être obtiendra-t-il un don !
Vitikind se prosterne... O surprise! ô merveille!
Le doux son d'une lyre a frappé son oreille :
Il a vu s'entr'ouvrir du saule merveilleux

---

* Vara, déesse des serments. (Voy. l'Edda myth.)

L'écorce ténébreuse, et du palais des dieux
Apparoître, à ces bords, une jeune immortelle.

« — De ce saule divin n'approche point! dit-elle :
» En un profond silence, immobile à ma voix,
» Jure de m'écouter! » — « Souveraine des rois!
» S'écrie, avec transport, le monarque sauvage,
» Oui, je le jure! » Il dit : soudain, sur le rivage,
L'arbre divin s'embrase... et la fille des cieux
Change un abri rustique en un palais de feux.

De lis est couronné le front de l'Inconnue :
En prêtresse druïde elle s'offre vêtue :
Et flottant autour d'elle, un voile transparent,
Gaze de sa beauté l'éclat éblouissant.

« — Oh Vitikind! dit-elle, ici la Germanie,
» Ton peuple, et jusqu'aux dieux qu'adore ta patrie,
» Te parlent par ma voix: Contre Charle et ses preux,
» Le Nord rassemble en vain ses héros valeureux :
» Le livre des destins cède la Germanie
» A l'empereur des Francs, au roi de l'Italie,
» Au vainqueur de l'Espagne, au souverain des rois,
» A Charlemagne enfin. Vitikind! sous ses lois
» Range la Saxe entière, et ton nom, dans l'histoire,
» Traversera les temps, resplendissant de gloire :
» Le ciel t'a réservé le sort le plus brillant.
» Ecoute, ô Vitikind! ce pays conquérant,
« Qui, gouverné par Charle, a gouverné la terre,

» Cet empire immortel, cette Gaule guerrière,

» Qui pour tout conquérir, n'a qu'à tout provoquer,

» Que l'univers en masse à peine ose attaquer,

» La France enfin, la France, un jour changeant de maître,

» Aux fils de Vitikind présentera le sceptre.

   » Oui, tu seras la tige, ô prince des Germains (1)!

» De héros renommés, d'illustres souverains,

» De ces Bourbons qu'un jour, au temple de mémoire,

» Couronneront la paix, l'amour et la victoire.

» Que ne puis-je, ô guerrier! te citant quelques noms,

» De tes fiers descendants, peindre tous les Bourbons!

» Mais non, famille auguste! aux fastes de l'histoire,

» Qui touche à tes lauriers, craint de faner ta gloire.

» Hugues, Philippe Auguste, et Louis et François,

» Eternisez vos noms, rivalisez d'exploits!

» Toi, dont le règne au monde offre un si rare exemple!

» Qui de chaque chaumière a su te faire un temple!

» Henri*! le seul des rois, dont le peuple ait jamais

» Conservé la mémoire; et cité les bienfaits,

» Apparois à la France, astre né des orages!

» Sois l'arc-en-ciel sauveur dispersant les nuages!

   « Qu'aperçois-je, ô Louis**! le monde est à tes pieds:

» La victoire s'épuise et manque de lauriers,

» En tous lieux, à l'envi, consacrant ta mémoire,

* Henri IV.

** Louis XIV.

» Les prodiges des arts offrent ceux de la gloire.

 » O Vitikind! ton bras, sur ces bords ennemis,
» Combat, en ce moment, le peuple de tes fils.
» Noble aïeul des Capets! oh! montre-toi d'avance,
» Le rayon précurseur des soleils de la France!

 » Je t'en ai dit assez, vaillant chef des Germains!
» Sois digne de ton sort!.. Le maître des destins
» Vers toi m'a députée, et ma tâche est remplie:
» Suis mes sages conseils : cesse une guerre impie :
» Tu me verras un jour reparoître à tes yeux :
» Adieu : peut-être alors me connoîtras-tu mieux:
» Je protége à la fois, mystérieux génie,
» La France et Vitikind, Charle et la Germanie. »

 O prodige ! à l'instant, de l'arbre merveilleux,
Le monarque saxon voit s'éteindre les feux :
Et dans l'ombre des nuits la vierge est disparue...

 Mais, d'un premier rayon l'aube blanchit la nue :
Aux yeux de Vitikind, l'arbre mystérieux
Reparoît solitaire, et sans traces de feux :
Des larmes du matin chaque branche arrosée,
Sur ses feuillages verts, épanche la rosée.

 Du saule, avec respect, le héros s'éloignant,
Au pavillon royal retourne lentement.
De la fille des cieux comment chasser l'image?
Les regards de la vierge, et surtout son langage,

Ont troublé tous ses sens, et jeté dans son cœur,
Un mélange inconnu de joie et de terreur.
« — Eh quoi! ses descendants règneroient sur la France!
» Se pourroit-il?.. » Pensif, il erroit en silence...
Quand vers lui se dirige Ulzer, prêtre sacré,
Druïde d'Irmensul, oracle révéré.

    « — Noble roi des Saxons! dit l'augure homicide,
» Connois enfin les Francs et leur prince perfide :
» Des prêtres de nos dieux le massacre effrayant,
» N'étoit de leurs fureurs qu'un prélude innocent,
» Que quelques jeux guerriers de leurs preux magnanimes.
» Apprends tout. Vers un prince, assemblage de crimes,
» Vers Charle, j'avois seul, par ordre de Haéder,
» Député deux Saxons, Aldin et Forcader,
» Tes plus vaillants amis : tu l'ignorois toi-même :
» Eh bien! ces vils Français, ô barbarie extrême!
» Des peuples violant les droits les plus sacrés,
» Les ont dans la forêt conduits et massacrés.
» Vengeance!.. D'Irmensul, telle est la loi suprême!
» Obéis! roi du Nord!.. Que tout noir stratagème,
» Tout prestige employé par des dieux malfaisants,
» Soit sans effet sur toi! Guerre éternelle aux Francs! »

    Il dit : et dans le cœur du monarque sauvage,
Contre Charle et la France il a soufflé sa rage;
Et peint la vision, qui troubla le héros,
Comme un appât trompeur des esprits infernaux.

Ulzer a triomphé; le monstre sacrilége
Au monarque français court tendre un nouveau piége :
D'Irmensul, de Fréya, les impuissants efforts
De la rage infernale irritent les transports :
Charle, l'auguste objet de leur haine homicide,
Reçoit de Léonore un messager perfide :
Une lettre trompeuse est remise au héros,
Elle est de Vitikind, l'écrit contient ces mots :

« —Charle! en ton propre camp lorsque j'osai me rendre,
» A me voir outrager j'étois loin de m'attendre :
» Tu manquas envers moi de générosité.
» Roi des preux! cependant j'ose à ta loyauté
» En appeler encore au nom de ma patrie.
» Assez coula le sang : l'humanité nous crie :
» *Barbares! arrêtez!* O Charle, c'en est fait!
» J'obéis aux destins... Rends-toi donc en secret,
» Seul, au château d'Arcine, où seul j'irai t'attendre :
» Le sort de l'univers de ce jour va dépendre :
» Qu'un mystère profond couvre notre entretien!
» Le vœu des rois du Nord est loin d'être le mien :
» Qu'ils ignorent mes plans! toi seul dois les connoître;
» Ils sauveront la Saxe et la France peut-être.
» Je t'attends seul... Tu peux te fier à ma foi,
» Compte sur Vitikind, comme il compte sur toi. »

Par le héros du Nord, quoi! le château d'Arcine,

Qui près du camp des preux, sur la côte voisine,
Est de soldats français au loin environné,
Pour lieu de rendez-vous est à Charle assigné!..
Charle relit encor... Risquant son existence,
Quoi! le chef des Germains, seul, auroit l'imprudence
De venir traverser chaque poste ennemi!
A quels périls l'expose un trajet si hardi!
D'une âme généreuse, ô noble confiance!
Vitikind, sans effroi, se livre sans défense...
Charle a de son rival reconnu le cachet;
Il suit sans hésiter le messager secret.

Armé de pied en cap, abaissant sa visière,
Traversant, vers l'ouest, la forêt solitaire,
Charle arrive bientôt dans ces vallons charmants,
Qui de l'amoureux Guise avoient ravi les sens.
Mais le chant des oiseaux, des ondes le murmure,
Les prés semés de fleurs, les bosquets, leur verdure,
Ces danses, ces bergers, ces lointains, ces coteaux,
Rien ne fixoit encor les regards du héros.
Son œil se porte enfin sur l'heureuse vallée :
Le charme agit... déjà son âme est moins troublée :
Tout semble autour de lui respirer le bonheur;
Et la paix du vallon s'introduit dans son cœur.
L'azur pourpré du ciel coloroit la nature;
L'horizon s'étendoit en nappes de verdure;

Et les zéphyrs légers, balançant leur fraîcheur,
Portoient au loin, du jour modérant la chaleur,
L'odeur douce des fleurs, dont s'émailloit la plaine.

    Mais, quels mots offre écrits l'écorce de ce chêne !..
Charle étonné s'approche, et lit avec horreur :
Ne suis point, Roi des preux ! un messager trompeur.

    A cet étrange avis, Charle a saisi son guide ;
Il l'arrête et s'écrie : — « Explique-toi, perfide !
» Parle ! Qui t'a remis ce billet imposteur ?
» Déclare-moi ton crime, où, de ce fer vengeur,
» A l'instant je te frappe ; et... — Quoi ! prince intrépide !
» Vous croiriez que ma lettre est un piége perfide !
» Interrompt l'inconnu : Quel affront ! juste ciel !
» Vous me verriez pâlir, si j'étois criminel !
» Vitikind à vos yeux ne seroit-il qu'un traître !
» Seigneur, en ce château, seul vous attend mon maître.
» Adieu ! je cours répondre à ce noble ennemi,
» Que Charle n'ose point se rendre auprès de lui. »

    Il dit : et le héros, trompé par un perfide,
Ne croit plus que l'avis parte de la druïde :
L'air vrai du messager persuade son cœur ;
Il bannit tous soupçons, et sans nulle frayeur,
Jusqu'au fond du château, qui domine la plaine,
D'un pas ferme et tranquille, il pénètre sans peine.

    Là, Charle est resté seul : de ce palais brillant
Il contemple, à loisir, le luxe éblouissant.

    2.   9

Au milieu des trésors, dont l'éclat l'environne,
Chaque tableau qu'il voit le ravit et l'étonne;
Et comme Guise, enfin, ému trop vivement,
A la dernière enceinte il parvient lentement.
Là, sur son lit de fleurs mollement étendue,
La sœur de Vitikind se présente à sa vue:
Un foible demi-jour, par de tendres lueurs,
Lance un reflet divin sur ses traits enchanteurs.
L'amour est dans ses yeux entr'ouverts avec grâce;
Le désir est près d'elle, il ordonne l'audace;
Le mystère ose seul gazer la volupté;
Et jamais autant d'art n'orna tant de beauté.
    Le monarque s'approche... Une douce harmonie
Sembloit interpréter de son ame attendrie,
Les mouvements confus, les désirs incertains.
Léonore se trouble. — « O roi des paladins!
» Pardonnez-moi ma ruse... Ici, prince intrépide!
» Ce n'est point Vitikind, c'est l'Amour qui réside.
» J'ai voulu qu'en ces lieux vous vinssiez me chercher,
» Ce ne peut être à vous à me le reprocher!..
» Je brûlois de revoir le héros de l'empire;
» Je voudrois lui parler, et n'ose rien lui dire...
» Long-temps l'indifférence habita dans mon cœur;
» Charle, je vous ai vu... j'ai perdu le bonheur. »
    En tenant ce discours, la voix de Léonore
Trembloit, et néanmoins s'embellissoit encore.

Son teint, qui du lis même égaloit la blancheur,
Se couvre, en rougissant, d'un voile de pudeur;
Et ses traits ravissants, qu'anime un doux sourire,
Portent au fond du cœur l'ivresse et le délire.

« — J'ai honte, reprend-elle, ô prince redouté!..
» D'un discours que l'amour, malgré moi, m'a dicté :
» Charle! sans vous revoir je ne pouvois plus vivre;
» Hélas! de mes aveux moi-même je m'enivre. »

Charle résiste à peine à tant d'enchantements;
Les charmes qu'il contemple ont embrasé ses sens :
De sa brûlante ivresse il s'étonne lui-même...
Eh quoi! s'oublieroit-il, en son désordre extrême?..
Non : d'Ulnare, soudain, se retraçant les traits,
Dans ses sens agités il rétablit la paix.
Tel jadis Mithridate, habile en stratagèmes,
Contre tous les poisons s'arma des poisons mêmes.

La sœur de Vitikind, fière de sa beauté,
S'entourant des amours et de la volupté,
Continue en ces mots : — « O noble roi de France!
» Apprends enfin mon nom, mon rang et ma naissance :
» Du chef des rois du Nord tu vois en moi la sœur :
» Pourquoi contre un grand homme armes-tu ta fureur?
» Tu connois Vitikind, ses vertus, sa puissance,
» Ne peut-il entre vous s'établir d'alliance?..
» L'hymen... Mais non, montée à ce degré d'honneur,
» Je mourrois, je le sens, de l'excès du bonheur. »

9.

Elle dit ; mais déjà ce discours qui le blesse,
Du monarque français a dissipé l'ivresse ;
Par l'ambition seule il lui paroît dicté ;
C'est l'orgueil, non l'amour; l'art, non la vérité.
Indigné, le roi sort... Léonore inquiète
Se lève, pousse un cri... Charlemagne s'arrête.
Environné de fleurs, le front ceint de lauriers,
Il se retourne, et voit Léonore à ses pieds.
« — Achève d'immoler l'amante qui t'adore !
» De refus, de dédains accable Léonore ;
» Mais connois et son cœur et son brûlant amour :
» En captive, à tes pas je m'attache en ce jour;
» Je renonce à mon titre, aux trônes, à mon frère,
» A mes brillants palais, à la nature entière :
» Je ne veux que toi seul, toi seul est le bonheur:
» Le plus grand des trésors est le don de ton cœur. »
      Oh ! combien son désordre augmente encor ses charmes !..
Son ardeur s'est éteinte, en des torrents de larmes;
Charle l'a mal jugée... et pourtant le héros,
Pour répondre à l'amour ne trouve que ces mots :
« — Léonore, arrêtez ! vous déchirez mon âme :
» Brûlé depuis long-temps d'une éternelle flamme,
» Hélas ! j'ai disposé de mes vœux, de ma foi :
» Mon cœur seroit à vous, si je l'avois à moi. »
      Il la quitte à ces mots; mais sa perfide amante
Le suit, et s'abandonne à sa rage effrayante.

« — Ne crois pas m'abuser par ce lâche détour,
» Traître ! tu n'es point né pour connoître l'amour :
» C'est de fer ou d'airain qu'il te faut une chaîne :
» Eh bien ! au lieu d'amour, emporte donc ma haine !
» Mais crois-tu, méprisant et ma main et mon cœur,
» Pouvoir de Vitikind braver en paix la sœur !
» M'insulter vainement !.. Non, fuis de ma présence !
» Tu connoîtras bientôt ce que peut ma vengeance :
» Je hais avec fureur, ou j'aime avec transport ;
» Ta dernière réponse est ton arrêt de mort. »
    Elle dit : le héros dédaigne sa furie :
Il s'éloigne... O d'un monstre atroce perfidie !
Le plancher du salon s'entr'ouvre sous ses pas ;
Dans de profonds cachots il tombe avec fracas,
Tandis que Léonore en ces mots l'injurie :
« — Tyran de l'univers, dont ma main tient la vie !
» Appelle à ton secours l'idole de ton cœur ;
» Peut-être viendra-t-elle. » A ces cris, ô terreur !
Des scélérats dans l'ombre arrachent son armure ;
Charle, se débattant, fait rouvrir sa blessure :
Son sang coule à grands flots ; chancelant, affoibli,
Sous la voute funèbre il tombe anéanti.

    La mère du sommeil et l'amante des ombres,
Déjà s'enveloppant de ses vêtements sombres,
Lentement s'élevoit et planoit sur les airs ;

Les coursiers du soleil, dételés sous les mers,
Reposant leur ardeur, ne songeoient point encore
A sortir radieux du palais de l'aurore.

Dans l'éternelle nuit des caveaux souterrains,
Lentement expiroit le roi des souverains;
Déjà ne sachant plus, au lever de l'aurore,
S'il étoit jour ou nuit, et s'il vivoit encore.
Hélas! pour lui peut-être, en ce moment d'horreur,
Le trépas n'eût été qu'un passage au bonheur;
Mais son camp l'a perdu, mais son âme alarmée
A gémi sur la France, et tremble pour l'armée;
Ce cri monte sans cesse aux célestes palais,
« — Frappe-moi, Dieu puissant! mais sauve les Français! »

Bientôt son cœur s'élève au dessus de la vie;
Sur le sol étendu, d'une voix affoiblie,
Les yeux fermés : — « Grand Dieu! j'ai respecté ta loi;
» J'étendis le vrai culte, et combattis pour toi :
» Qu'ai-je à craindre?... Bientôt du fardeau de mon être,
» Dégagé pour toujours, Charle va te connoître!
» Ivre d'un tel bonheur, avec quel doux transport
» Mon âme auprès de toi remercîra la mort!
» Fuyez, sombres terreurs! fuyez, douleurs funestes!
» Pour monter radieux aux demeures célestes,
» Pour goûter tant d'honneurs, de gloire, de plaisir,

» En coûte-t-il donc tant ?.. Il ne faut que mourir! »

Charle ainsi vers le ciel élevant sa prière,
Semble prêt à quitter les ombres de la terre,
Comme on voit disparoître à l'aube de retour,
L'étoile du matin dans les rayons du jour.

Une clarté soudaine à ses yeux s'est offerte :
De son cachot désert la porte s'est ouverte;
Et Léonore en pleurs et les cheveux épars,
Une lampe à la main, paroît à ses regards;
Pâle, d'un glaive armée, elle approche et s'écrie :
« — O Charle ! qu'ai-je fait! que je hais ma furie !
» Malheureuse ! C'est moi qui t'arrache le jour!
» Voilà donc les forfaits que peut dicter l'amour !
» Objet infortuné de la plus tendre flamme,
» Vois les remords affreux qui déchirent mon âme :
» Au tombeau laisse-moi descendre sur tes pas,
» Joindre mon sang au tien, et mourir dans tes bras. »
A ses remords vengeurs Léonore succombe;
Aux pieds de Charlemagne, éperdue, elle tombe.
« — Perfide, éloignez-vous, dit Charle avec effort,
» Cessez de souiller l'air que je respire encor :
» Fuyez ! Quand je n'ai plus que peu d'instants à vivre,
» Je craindrois trop la mort si vous deviez me suivre.
» Je prise également vos pleurs, votre courroux;
» Oui, jusqu'à vos remords, tout est perfide en vous. »

Léonore se lève, et, Mégère nouvelle,
Tous les dieux de l'enfer semblent s'emparer d'elle :
Ç'en est fait! plus d'amour, plus de remords vengeur !
Tout en elle est orgueil, désespoir et fureur.
« — Ah ! c'en est trop enfin ! ce comble de l'outrage,
» Dissipant son amour, me rend toute ma rage.
» Monstre! tu t'es joué de ton pouvoir sur moi ;
» Tremble! je deviendrai féroce comme toi;
» Et, prolongeant tes jours pour de nouveaux supplices,
» L'excès de tes douleurs va faire mes délices. »
     Livide, l'œil hagard, Léonore à ces mots,
Croyant fuir le remords, a fui des noirs cachots;
Mais partout il la suit, et la coupable amante,
Au fond de son palais rentre et tombe expirante.

     En-delà du Veser, au fond d'un vieux marais,
Sous les débris obscurs d'un antique palais,
S'ouvroit un noir cachot, un souterrain horrible,
Au vulgaire effrayé demeure inaccessible :
Sous cette voûte infecte, une humide vapeur
Couvroit les murs glacés d'une verte noirceur,
Où d'insectes rampants les cohortes funèbres,
Se glissoient, en sifflant, au milieu des ténèbres.
     C'est là, depuis long-temps, qu'un enchanteur fameux,
Dérobant ses secrets aux regards curieux,
Attiroit les démons, et sous ses voûtes sombres,

Troublant jusques aux morts, en évoquoit les ombres.
Orsmin étoit le nom de ce vil enchanteur.
Protégé par l'enfer, ce vieillard imposteur,
Jadis de Léonore exauçant les prières,
L'avoit initiée à ses sombres mystères.

La sœur de Vitikind, fière de ses attraits,
De l'enchanteur, long-temps, négligeant les secrets,
Pour attirer les cœurs, par d'éclatants prodiges,
Compta sur sa beauté, plus que sur les prestiges.
Mais la soif des forfaits, qui dévore en ce jour
Un cœur, d'où tant de rage a chassé tant d'amour,
Lui rappelant d'Orsmin la fatale science,
Va forcer la magie à servir la vengeance.

Léonore, aussitôt, de son brillant palais,
Songe à faire enlever le monarque français :
Le souterrain d'Orsmin, ô vengeance cruelle !
A Charle doit servir de prison éternelle.
La sœur de Vitikind descend près du héros ;
La perfide sur lui prononce quelques mots :
Charlemagne étonné lève les yeux vers elle :
Vainement voudroit-il repousser la cruelle :
Sous ces voûtes, les airs lui semblent épaissis ;
Ses membres sont glacés ; ses sens sont engourdis ;
Un sommeil accablant pèse sur sa paupière.
Pâle, sans mouvement, étendu sur la terre,

Il s'endort; mais, hélas! en ce jour de douleur,
Léonore et l'enfer veillent pour son malheur.

Vers l'orient, non loin de ce palais de gloire,
Où naît l'aurore, s'ouvre une porte d'ivoire;
D'où, sur des ailes d'or, sur de tendres rayons,
Sortent secrètement les douces visions.
Filles du ciel! c'est vous qui, chassant la tristesse,
Aux mortels quelquefois descendez l'allégresse :
Le prince, en ce moment, par elles protégé,
Revoit Ulnare en songe, et son cœur soulagé
Goûtoit un bonheur pur, mais hélas! trop rapide.
Charlemagne croyoit retrouver sa druïde;
Il lui sembloit enfin la conduire à l'autel,
En vierge convertie au vrai culte du ciel.
Brûlant des feux d'amour, vers le lit d'hyménée,
L'impatient époux l'avoit déjà menée :
L'ivresse des plaisirs remplaçoit la douleur :
Lorsqu'un réveil affreux dissipe son bonheur...
O changement subit! ô noire perfidie!
Dans un frêle bateau, sur une onde en furie,
Il se voit enchaîné, poursuivi par la mort;
Et dans les flots ouverts, il lit son triste sort.
L'abîme est sous ses pieds, la foudre est sur sa tête:
L'esquif erre au hasard, jouet de la tempête.
Un nocher le guidoit... Il l'abandonne aux vents :
Ses traits hideux, ses cris, ses regards menaçants,

Poignant la cruauté, le désespoir, la rage,
D'un agent d'Irmensul offrent au roi l'image.

Hélas! plus de salut pour le prince expirant!
Plus d'espoir! le héros, d'Enulphe en ce moment
Se souvient... Une voix solennelle et secrète
Semble lui répéter cet adieu du prophète :

« — *Les revers font parfois expier le bonheur :*
» *Charle, je le prédis... Le Veser en fureur*
» *Menacera vos jours , et la France peut-être*
» *Pleurera ses succès, son armée et son maître.* »

FIN DU CHANT DIX-HUITIÈME.

NOTE DU CHANT XVIII.

(1) Oui, tu seras la tige, ô prince des Germains !
    De héros renommés, d'illustres souverains,
    De ces Bourbons, ...

Selon plusieurs historiens, l'auguste Famille régnante, descend du héros des Saxons, Robert-le-Fort, étoit petit-fils de Vitikind ; Hugues-le-Grand , petit-fils de Robert-le-Fort ; et Hugues-Capet, chef de la IIIe dynastie , fils de Hugues-le-Grand. (Voyez AIMOIN, écrivain du onzième siècle. — SAINTE-FOIX, *Essais sur Paris* , art. Gaulois. — ANQUETIL , etc.)

CHANT XIX.

Des ennemis du ciel, trop aveugle instrument,
Le chef des rois du Nord, retranché dans son camp,
Plein du feu martial dont l'ardeur le dévore,
Donne ordre d'attaquer au lever de l'aurore.
« — Amis! dit le monarque, un fidèle récit
» M'annonce en ce moment que Charle, vers la nuit,
» Hier a disparu : déjà dans son armée,
» La consternation, la terreur est semée :
» Marchons, c'en est fait d'elle! » Il dit ; et les Saxons
S'élancent dans la plaine en brillants tourbillons :
Des glaives, des cimiers l'incertaine lumière
S'agite, rayonnante, à travers la poussière;
Et les piques, les dards, les harnois éclatants,
Semblent des flots d'acier sur la plaine ondoyants :
Ainsi brillent la nuit les vagues transparentes,
Qu'argentent de Phœbé les lueurs vacillantes.

Précédant des combats la sanglante fureur,
Un long calme, un bruit sourd étendoient la terreur :
Tels ces momens affreux, précurseurs des orages,
Où, tandis que le ciel s'obscurcit de nuages,

Les flots, s'aplanissant sur les gouffres des mers,
S'arrêtent, comprimés sous le fardeau des airs.

Mais, quand pour les Saxons tout l'enfer se soulève,
Dans le camp des Français quel trouble affreux s'élève !..
Quel effroi règne !.. O ciel ! quel bruit s'est répandu !..
Pour jamais Charlemagne est, dit-on, disparu :
En vain de toutes parts, guidés par l'espérance,
Tous les guerriers du camp cherchent le roi de France ;
Leur espoir est trompé, leur malheur est certain ;
Nul ne peut du monarque apprendre le destin :
Sur ce sombre mystère aucun jour ne vient luire.
On court, on s'interroge, on tremble de s'instruire ;
On se parle à voix basse ; un murmure confus
Roule dans tout le camp ces mots : — « Charle n'est plus. »
Du jour les paladins maudissent la lumière :
Leurs cris fendent les cieux ; tous ont perdu leur père.
Le soldat veut le suivre au tombeau... dans son cœur,
Le découragement remplace la valeur :
A ses yeux la victoire a perdu tous ses charmes ;
Et son fer languissant est trempé de ses larmes.
    Telle éclata depuis la douleur des Français (1),
Lorsqu'à la mort d'Henri, ses malheureux sujets,
Éperdus, l'œil en pleurs, et prosternés sur terre,
Redemandoient au ciel leur monarque et leur père.

Cependant sur la plaine et vers le camp des preux,
Vitikind et ses chefs s'avancent furieux.
Guise les aperçoit; en son cœur magnanime,
A l'aspect des périls la valeur se ranime.
Il rassemble l'armée; il s'écrie : — « O Français!
» Loin de faire éclater de stériles regrets,
» Vengeons Charle! et courons, héritiers de sa gloire,
» Aux mânes d'un grand homme offrir notre victoire :
» Ce dernier tribut seul est digne encor de lui.

   » Ah! qu'un premier revers nous accable aujourd'hui,
» Tout peuple, quel qu'il soit, ami, chrétien, barbare,
» Lâchement aussitôt contre nous se déclare;
» Et les héros du monde en sont nommés l'horreur.

   » Non, ne laissons pas dire au Germain imposteur :
» *Charle au milieu des preux seul étoit la victoire :*
» *Ce talisman brisé... plus de Francs! plus de gloire!*
» Aux armes! que nul chef ne puisse oser jamais
» Se personnaliser les exploits des Français!
» Quel que soit le héros que l'univers renomme,
» Dans nos rangs immortels il ne manque qu'un homme.
» Marchons!.. Charle lui-même a parlé par ma voix.

   » Ainsi qu'il le fonda, du plus grand de nos rois,
» Paladins! soutenons le colossal empire.
» Charle est captif peut-être... Amis! ah! s'il respire,
» Aux yeux du monde entier en vain cacheroit-on
» Sa lointaine retraite, ou sa sombre prison;

» Partout resplendira le fils de la victoire :

» Même au fond des cachots il est des arcs de gloire.

» Dieu veillera sur lui, Dieu combattra pour nous.

   » Compagnons, s'il n'est plus... ah! que du moins, en vous,

» De son génie ardent revive encor la flamme :

» Aux grandes actions il façonna notre âme :

» Courons vaincre!.. nos pleurs couleront mieux après!

   » Que dis-je! notre roi disparu pour jamais!..

» Non, non : vous reverrez et Charle et la victoire;

» Mais qu'il retrouve en vous les enfants de la gloire!

» Vaincus, oseriez-vous paroître devant lui!..

» Ah! je vous reconnois... vous avez tous frémi.

   » Allons! que ce grand jour, au temple de mémoire,

» Soit un phare allumé pour éclairer l'histoire!

» Prouvons que nos guerriers, à vaincre toujours prêts,

» N'importe sous quel chef, sont toujours LES FRANÇAIS!»

   Il s'arrête à ces mots : le feu de son langage

Déjà dans tous les cœurs rallume le courage,

Et de l'armée entière a dissipé l'effroi (2).

Plein de l'heureux espoir de retrouver son roi,

A combattre aussitôt chaque guerrier s'apprête :

L'avant-garde des preux place Guise à sa tête;

Et bientôt, dans la plaine où descend ce héros,

L'union, l'harmonie, enfantent le chaos.

   Déjà de toutes parts des torrents de sang coulent.

Comme les flots pressés, qui sur les flots se roulent,
D'immenses bataillons, de piques hérissés,
Se meuvent à la fois, l'un sur l'autre poussés.
Intrépides rivaux, ils s'appellent, se fuient,
Triomphants tour à tour, s'attaquent, se replient,
Et semblent, dans l'horreur d'un combat furieux,
Se renvoyer la mort, et l'échanger entre eux :
Tels deux torrents, gonflés, tombant de deux montagnes,
Se joignant, se heurtant, au milieu des campagnes,
L'un vers l'autre jetés, l'un sur l'autre roulants,
S'amoncèlent unis, s'entrechoquent grondants.

Le front ceint de lauriers, et rayonnant de gloire,
Guise s'est emparé du champ de la victoire.
Le duc de Bénévent roule à ses pieds vaincu :
Mortellement blessé, son fils Atalaru,
Pâle comme la fleur par l'orage flétrie,
Un instant arrêté sur le seuil de la vie,
Veut ressaisir son glaive, ouvre un œil languissant,
Tombe, puis se soulève, et retombe expirant.
Nell fuyoit Guise, un dard dans sa course l'arrête.
Le preux terrasse Alder, frappe et dompte Olofrète.
Déjà le vaillant Guise a des Saxons tremblants
Enfoncé les quarrés, et dévasté les rangs :
Ils semblent sous ses coups se fondre sur ses traces :
Tels de vieux monts de neige, et des rochers de glaces,

Brisés par le soleil, au retour du printemps,
Dans des vallons lointains se perdent en torrents.

Du rocher d'Héristal soudain Bozon s'élance :
Ses guerriers l'ont suivi : tout cède à sa vaillance.
Sous son glaive est tombé Gildas, chef des Frisons.
Lorsqu'à ses yeux du jour s'éteignent les rayons,
L'infortuné Gildas, que la fureur dévore,
Atteint d'un coup mortel, veut s'illustrer encore ;
Tel déjà comme éteint, un flambeau vacillant,
Tout à coup se rallume, et lance un feu brillant.
Gildas, presque abattu, doute de sa défaite :
Comme un lion fougueux sur le preux il se jette :
Il l'atteint, il le frappe, et tombant dans son sang,
Il a blessé Bozon... il expire content.

Non loin, guidant sa troupe à vaincre accoutumée,
Isambard dans les rangs sembloit seul une armée.
La gloire, de ses feux sembloit l'envelopper :
Et la mort, l'admirant, craignoit de le frapper.
En vain un gros de Huns l'entoure, le menace,
Son art trompe la force, et sa force l'audace.
Tel, du haut du Vésuve, un long torrent de feux,
Calcinant des rochers les blocs audacieux,
S'ouvre un lit enflammé, sur la terre tremblante,
Anéantit l'obstacle, et roule l'épouvante.

Harald en ce moment s'offre aux yeux du héros.
Au fond d'un bois épais, entre les camps rivaux,
La veille, avant le jour, le chef des Scandinaves
Avoit surpris le preux séparé de ses braves.
« — Noble chef ennemi! s'étoit-il écrié,
» Tes dieux entre mes mains te livrent sans pitié :
» Mais vainqueur sans péril, et guerrier sans vaillance,
» M'emparer lâchement d'un rival sans défense !..
» Ah! ce honteux triomphe est-il digne de moi!
» Non, que ce roc désert, qui se penche vers toi,
» A l'avenir plutôt redise d'âge en âge,
» *Le ciel vit deux rivaux, deux chefs, sur ce rivage,*
» *Une nuit, s'adresser des paroles de paix,*
» *Et vit un Scandinave embrasser un Français.* »

En retrouvant Harald au fort de la mêlée,
Le fougueux Isambard sent son âme troublée :
Il s'écrie : — « O Harald! en vain tu fonds sur moi;
» Nul ne verra jamais mon fer levé sur toi. »
Dans les rangs ennemis, qu'il enfonce et qu'il brave,
Il dit, et disparoît aux yeux du Scandinave.

Mais Falder le poursuit : des bords du lac *Sava*,
Pour rejoindre Harald, Falder quitta Sidda.
Sidda, blanche colombe, un instant fut aimée;
Mais cet instant fut court : Falder part pour l'armée:

10.

Sans regrets il a fui; lorsque auprès d'un torrent,
Contre un roc, sur la route, aux yeux de l'inconstant
S'est offerte Sidda. — « Perfide! lui dit-elle,
» Ici tu me juras d'être à jamais fidèle;
» *Vara* * sur son autel inscrivit tes serments;
» Ici je les reçus, ici je te les rends.
» Ton cœur ressemble au sol de cette île étrangère**,
» Où lorsqu'un blanc agneau, venu d'une autre terre,
» S'arrête quelque temps, la nouvelle saison
» Le retrouve couvert d'une noire toison.
» Ingrat! sois libre, adieu... Mais Héla, qui m'appelle,
» M'ordonne d'annoncer à Falder infidèle,
» Que l'abîme des flots un jour l'engloutira,
» Comme en ce moment même il engloutit Sidda. »
      Le torrent à ces mots a roulé la victime.
O Falder! désormais te retraçant ton crime,
Les remords te suivront jusqu'aux bords ténébreux.
      Falder sur Isambard se jette furieux,
L'arrête, et le combat... Mais blessé, sur la plaine,
Tout à coup son coursier épouvanté l'entraîne;
Quelque esprit malfaisant semble en lui descendu:
Du côté du Veser son essor éperdu
Semble se diriger... Bientôt l'onde lointaine

* Vara, *déesse des serments.* (Voy. l'*Edda myth.* Fable XVIII.)
** L'île Dimen, une des îles Fero. (Voyez, sur ce phénomène,
M. Montbron, notes sur les Scandinaves.)

A mugi sous les flancs du coursier qu'elle entraîne.
Falder ! te souviens-tu de l'adieu de Sidda ?..
L'infidèle frémit... Tu triomphes, Héla !
Un gouffre sous Falder s'entr'ouvre... Et la victime
Déjà roule engloutie, au fond du vaste abîme.

De Bellone Angilbert détestant les lauriers,
Sur ces bords avec art disposoit ses guerriers :
Dispersant ses rivaux, il ne frappe personne :
De mourants et de morts un monceau l'environne :
Et des ruisseaux de sang, là, roulent à ses pieds
Les hideux résultats des triomphes guerriers.

Angilbert, des mortels maudissant la furie,
Pour rallier un corps, sur la plaine ennemie,
S'est éloigné des siens... un Lombard suit ses pas :
Angilbert lui paroît déserteur des combats ;
Et le fougueux Erville, en le joignant, lui crie :
« — Tu fuis, vil paladin ! honte de ta patrie !
« Arrête !.. » — « Je t'attends, lui répond le héros,
» Approche... » L'un sur l'autre ils foncent à ces mots :
Mais un dard ennemi frappe Erville à la tête,
Et sur le sol au loin désarçonné le jette.
De son front le sang coule... Angilbert attendri,
Descend, tire le dard, relève l'ennemi,
Lui remet son coursier, rattache son armure.
« — Jeune Lombard ! dit-il, va panser ta blessure :

» Ah! s'il est beau de vaincre, insulter est honteux :
» Tout homme, ennemi même, est un frère à mes yeux :
» Que ma leçon t'instruise! » Il dit, et laisse Erville,
Dans l'admiration, interdit, immobile;
Et dans le fond du cœur, déjà se promettant
D'imiter le héros, qui s'est montré si grand.

Mais de tous les Français émules de leur maître,
A combattre acharné, le plus cruel peut-être,
C'est Robert le Danois : tel qu'un foudre brûlant,
Inattendu, rapide, il court de rang en rang,
Cherchant l'objet haï que veut frapper sa rage.
Partout sa voix tonnante, au milieu du carnage,
Fait retentir les airs de ces cris répétés,
Tassillon! Tassillon!.. Ses bras ensanglantés
Puisent dans la fatigue une force nouvelle;
Il venge son amante, il se croit vu par elle;
L'amour et la fureur égarent sa raison;
Et tout tremble à ces cris, *Tassillon! Tassillon!*

Devant Guise vainqueur fuit l'armée ennemie :
Au centre Vitikind se jette, il la rallie,
Ramène aux siens la gloire, aux Francs porte la mort :
Guise plie à son tour. Rabutin, Châteaufort,
Par Vitikind frappés, vaincus tombent sans vie.
Il renverse Atignac, il terrasse Ulmasie;

La victoire l'escorte; et pourtant la douleur,
Le désespoir, bientôt vont déchirer son cœur.

   Dans ses rangs combattoit le jeune et beau Nardime (3).
D'un amour passager enfant illégitime,
Nardime, au champ d'honneur débutant en héros,
Ne savoit point encor qu'admirant ses travaux,
Le chef des rois du Nord fût son auguste père.
Vitikind l'adoroit! Nardime en téméraire,
Avec grâce courbé sur son coursier fumant,
Aux plus affreux périls s'exposoit noblement.
Sa parfaite beauté, sa précoce vaillance,
Tout révéloit en lui l'éclat de sa naissance.
Hélas! guerrier farouche, Isambard fond sur lui :
Nardime en vain résiste à ce fier ennemi;
Sanglant, son casque tombe; une pâleur touchante
Couvre ses traits charmants... D'une main impuissante,
Mais ferme encor, il cherche à repousser la mort,
A vendre cher ses jours... vain espoir! vain effort!
Isambard l'a frappé de son fer redoutable :
Nardime pousse un cri... Dieux! ce cri lamentable
S'est fait entendre au loin... Vitikind vers ces lieux
Précipite ses pas... Que voit-il? jour affreux!
Son fils, son noble fils expirant sur la terre.
Quel spectacle! Isambard, farouche et sanguinaire,
Foulant aux pieds Nardime avec férocité,
Retire de son corps son glaive ensanglanté.

Vitikind furieux, à cet aspect horrible,
Sur Isambard se jette, et son bras invincible,
Dans un fils adoré veut venger un héros.
Un long combat s'engage entre les deux rivaux :
Même force, même art. — « O journée effroyable!
» Dit le Saxon, deviens à jamais mémorable;
» Fais d'un fils adoré vivre le souvenir,
» Et redis ma vengeance aux siècles à venir! »
Redoublant à ces mots et de rage et d'audace,
Il frappe son rival, l'ébranle et le terrasse.
L'orgueilleux paladin, blessé mortellement,
Renversé, tombe, roule et nage dans son sang.
Mais le guerrier saxon, barbare en sa furie,
Laissant à son rival quelques restes de vie,
Derrière son coursier dont il presse le flanc,
A fait lier les pieds d'Isambard expirant,
Et le traîne après lui sur la plaine sanglante.
Un long cri lamentable, ô vengeance effrayante!
Sortant avec effort des restes du guerrier,
Vibre, en accord céleste, au cœur du meurtrier.
Malheureux Isambard! en des flots de poussière (4),
Tes membres en lambeaux, déchirés, sur la terre,
Se dispersent... Hélas! les vautours dévorants
Leur serviront bientôt de sépulcres vivants.

A l'aspect de son chef mutilé sur la plaine,
La troupe d'Isambard, qu'une terreur soudaine

A saisi, se débande, et s'enfuit vers les bois.
Profiter d'un succès, c'est triompher deux fois :
Mondragant la poursuit : sa lance sanguinaire ,
Du spectre de la mort est la faux meurtrière :
Son plastron gigantesque est hérissé de traits :
Il enfonce lui seul les bataillons français :
En vain se retournant, les cohortes pressées
L'attendent de pied ferme, et les piques baissées ;
Le Hun s'ouvre en tous lieux un passage sanglant.
Olmant veut l'arrêter : sur son écu brillant,
S'offre un essaim d'amours : Le roi des Huns lui crie :
« — Crois tu qu'à la vigueur la foiblesse s'allie?
» Va ! ton bras n'est point fait pour manier le fer;
» Cours offrir tes amours aux reines de l'enfer! »
Il dit; du corps d'Olmant il sépare la tête.
A venger son ami le noble Artus s'apprête :
Mondragant l'aperçoit. — « Atôme audacieux!
» Lui dit-il, si ma mort est le but de tes vœux,
» Il me faut aux enfers un courrier qui m'annonce :
» Je t'ai choisi... Ce dard t'épargne une réponse. »
    Dans la gorge d'Artus un javelot lancé,
A ces mots insultants, frappe et reste enfoncé.
Artus tombe, et son œil se ferme à la lumière ;
Tandis que Mondragant, en sa course guerrière,
Accumulant les morts sur ce champ de terreur,

Lasse son bras, son corps, tout, hormis sa fureur.

　　Rencontrant Vitikind, le roi des Huns s'écrie :
« — Prince! inutilement n'expose point ta vie!
» Tes soldats, près de moi cherchant à s'aguerrir,
» Embarrassent mes pas au lieu de me servir :
» Que loin du champ d'honneur ton ordre les rassemble!
» Mondvagant fera seul plus que vous tous ensemble. »
　　Il dit : jamais ses pas ne rencontrent d'écueil;
Et sa valeur peut seule égaler son orgueil.

　　Heidelberg, roi slavon, à droite de l'armée,
Vainqueur, accroît encor sa haute renommée.
Son bras nerveux combat, armé d'un pieu de fer :
Tel, balançant la foudre, on dépeint Jupiter.
Heidelberg voit Oval, des arçons il l'enlève,
Sans efforts, d'une main, dans les airs le soulève,
Et bientôt, fatigué de suspendre son corps,
Mourant le lance au loin sur des monceaux de morts :
A ses derniers moments, tel autrefois Alcide
Crut punir dans Lychas un messager perfide;
Il le saisit, l'enlève, et Lychas dans les airs,
Tournoie au gré des vents, et tombe au sein des mers.

　　C'est alors qu'Irmensul sous l'habit d'un Druïde,
Aborde Vitikind. — « O monarque intrépide!
» Lui dit-il, la victoire est à toi; l'ennemi,

» Devant tes légions, de toutes parts a fui ;
» Sur lui la foudre gronde... achève ton ouvrage. »
Il dit : dans tous les cœurs il fait tonner sa rage :
On ne voit que des morts, on n'entend que des cris ;
De ces excès d'horreurs l'enfer même est surpris.

Annoncée aux Saxons par le dieu du carnage,
Une tempête au loin mugit sur le rivage :
Les crêpes de la nuit bientôt couvrent les cieux :
On combat, on se frappe à la lueur des feux.
La poussière dans l'air s'amasse en météore,
Que le glaive traverse, et que l'éclair colore*.
L'atmosphère enflammé présente à tous les yeux
Une nuit transparente, et des jours ténébreux.
Des ouragans fougueux entrechoquent les nues :
L'éclair s'ouvre en leur sein des routes inconnues ;
Et l'œil voit, à travers les crevasses des cieux,
Au fond d'un nouveau ciel, des campagnes de feux.
Les vents, la grêle, l'eau, disputent au tonnerre
L'effroyable pouvoir de dévaster la terre :
Eléments réunis, ils lancent en ce lieu,
Sur les armes des rois, tous les foudres d'un Dieu.

---

* On crut voir, disent les Annalistes, des pavois enflammés et
des glaives lumineux se heurter, se croiser, et tonner dans les airs.
Ce combat fut nommé le combat des boucliers ardents. (Voyez
Ann. Metens., Pettav., Tillian., Loisel.)

Tel, moins horrible encor, fut l'orage funeste,
Qui, sur Rome éclatant, par un arrêt céleste,
Voilà le jour aux yeux des Romains éperdus,
Et dans ses tourbillons enleva Romulus (5).

Les arbres des forêts, embrasés dans l'orage,
En longs cheveux de flamme étendent le ravage :
Les airs, chaos épais, roulent avec fracas :
Tout est destruction, épouvante, trépas;
Et l'âme des guerriers, de désespoir saisie,
Croit voir de l'univers le total incendie.

A ce choc d'éléments, se déchaînant entre eux,
Le roi des Huns s'écrie : — « O ridicules dieux!
» A quoi bon ce fracas? oisif roi du tonnerre!
» Epouvante ta cour, mais laisse en paix la terre.
» Penses-tu que l'on veuille escalader tes cieux?..
» Paix! tu nous fais pitié : tes redoutables feux
» Vont sans doute engloutir l'être humble qui te prie;
» Car tu n'oses jamais frapper qui te défie. »

Artifice infernal! le fléau destructeur,
Vers le Sud, aux Francs seuls va porter sa fureur :
Dans leurs rangs dispersés éclate le tonnerre;
Ils ont tout à combattre, et le ciel et la terre.
Mille torrents grossis les roulent sous leurs flots;
Les vents ont déchiré leurs tentes, leurs drapeaux;
Et tous les éléments, déchaînés sur leur tête,

Leur présentant la mort, assurent leur défaite.

Vers ses retranchements, à ce prodige affreux,
Guise cherche, avec ordre, à rappeler ses preux.
Obéissant partout aux chefs qui les rallient,
Par échelons carrés leurs troupes se replient (6);
Et repoussant encor l'ennemi consterné,
Leur retraite elle-même est un combat gagné.
Ces Francs, dont Vitikind se crut un instant maître,
Semblent, en s'éloignant, non plier, mais soumettre.
Guise et ses paladins, par un effort savant,
Reculent en vainqueurs, triomphent en fuyant.
Rougis, lâche Irmensul, de ta foible victoire!
Les Français sont encor les enfans de la gloire.

Maîtres du champ d'honneur, les Germains à l'envi,
Félicitent leur chef; mais ce prince aguerri,
Balançant à la fois ses efforts et sa gloire,
« — Un tel succès, dit-il, n'est point une victoire. »
Tel Pyrrhus autrefois, né pour de grands destins (7),
Dans les champs d'Asculum repoussa les Romains;
Mais lorsque ses guerriers, dans leur audace altière,
Crioient avec transport, d'une voix téméraire,
« — La bataille est gagnée. — Amis, leur dit Pyrrhus,
» Encor un gain semblable, et nous sommes perdus! »

Sur sa position se méprenant lui-même,

Quand son pouvoir s'accroît, quand sa force est extrême,
A tort le roi saxon s'est plaint : ce jour affreux,
Au Français a ravi l'élite de ses preux.

　　Sur sa harpe, Braga, des Francs et de leur maître,
Chante alors la défaite. — « Irmensul! dit le traître,
» L'enfer te félicite... à ta puissante voix,
» Guise et les siens ont fui pour la première fois (8).
» Le Français est perdu , tout doit nous en convaincre :
» C'est déjà le dompter, que l'empêcher de vaincre.
» Cerne du roi captif le camp découragé ;
» Frappe!.. Encor un combat et l'enfer est vengé! »
Irmensul, vers Fréya, du centre de l'abîme,
Vole... — « Tout nous prospère, ô reine magnanime!
» Mais seule Ulnare encor est à craindre pour nous :
» Qu'aujourd'hui la transfuge expire sous tes coups! »
« — Autant et plus que toi, j'abhorre la perfide,
» Irmensul: mais le ciel protége la Druïde;
» Il l'inspire... — Terrible, apparois à ses yeux!
» Elle croit son pouvoir émané de ses dieux :
» De son enthousiasme éteins l'ardente flamme;
» Abuse ses esprits, épouvante son âme;
» En ses sens égarés jette le désespoir,
» Et persuade-lui qu'à jamais sans pouvoir,
» Sous un joug sacrilége indignement courbée,
» D'un rang surnaturel, déchue, elle est tombée!

« Puis, s'il se peut encor, appesantis tes coups :

« Qu'elle périsse ! » Il dit ; et du monstre en courroux,

Fréya fuyant l'aspect, s'élance de l'abîme,

Fend les airs, et déjà plane sur sa victime.

FIN DU CHANT DIX-NEUVIÈME.

NOTES DU CHANT XIX.

La douleur des Français à la mort d'Henri IV, fut si vive, que plusieurs en moururent de douleur. *Devic*, gouverneur de Calais, à cette affreuse nouvelle, soupire, baisse les yeux, s'écrie d'un ton sinistre : — Je ne survivrai point à mon maître, et tombe sans vie.

On se rappelle sans doute que Haéder vouloit faire séduire Guise par Léonore, ayant vu dans l'avenir qu'il devoit rallier et sauver l'armée française, après la disparition de Charles. De Haéder, l'oracle s'accomplit.

Vitikind eut véritablement un fils naturel, que les uns nomment *Diaulas*, d'autres *Nardime*, et qui combattit noblement sous les yeux de son père ; l'histoire ne dit point ce qu'il devint.

Il est dans la nature d'un héros fougueux d'être aussi susceptible de grands crimes que de grandes vertus ; et ce contraste, qui prête tant à la poésie, est ce qui rend le caractère d'Achille si brillant. *Voltaire*, selon sa coutume de tourner les anciens en ridicule, s'écrie dans son poëme de la Pucelle!

« On pleure moins dans la sanglante Troie
« Quand de la mort Hector devint la proie,
« Et quand Achille, en modeste vainqueur,
« Le fit traîner, avec tant de douceur,
« Les pieds liés, et la tête pendante,
« Après son char qui voloit sur des morts.

Mais malgré les plaisanteries de ce célèbre philosophe, je di-

rai, comme un de nos auteurs fameux. — « On aura beau cher-
» cher à ravaler le génie des anciens, il aura le sort de cette
» grande figure d'Homère, qu'on aperçoit derrière les âges.
» Quelquefois elle est obscurcie par la poussière qu'un siècle fait
» en s'écroulant ; mais aussitôt que le nuage s'est dissipé, on
» voit reparoître la majestueuse figure, qui s'est agrandie encore,
» pour dominer les ruines nouvelles. »

(5)   Et dans ses tourbillons enleva Romulus.

Romulus étant sorti de Rome pour offrir un sacrifice, le ciel
s'obscurcit : le jour fit place à la nuit ; un orage épouvantable
éclata ; le peuple prit la fuite ; les sénateurs seuls demeurèrent,
et Romulus disparut. L'orage cessé, le peuple revint, et rede-
manda son roi : — « Je l'ai vu, dit Proculus, un des plus con-
» sidérables de Rome, je l'ai vu, rayonnant de gloire, s'élever
» au ciel tout armé : rendons-lui désormais les honneurs di-
» vins. »

(6)   Par échelons carrés leurs troupes se replient.

En cet endroit j'ai supprimé un épisode, qui ralentissoit l'action. Guise battant en retraite, et voyant tomber à ses pieds son
frère atteint d'un coup mortel, s'arrêtoit..... Quand le preux à
son heure dernière, craignant qu'un moment de retard et d'inat-
tention du chef ne fût fatal à l'armée,

> ....,........ S'écrie avec effroi :
> L'armée est en danger, peux-tu penser à moi !
>   Tel, depuis à Solsbach, tombeau du grand Turenne,
> Saint-Hilaire blessé, se soutenant à peine,
> S'écrioit, désolé de voir son fils gémir :
> « Peux-tu pleurer sur moi ?.. Turenne va mourir. »

Ce ne sont point les vers que je regrette ; mais le trait historique,
si national et si français. Les héros des temps antiques, comme
les héros du temps moderne, doivent exciter le même enthousiasme parmi les cœurs vraiment français.

(7)   Tel Pyrrhus autrefois, né pour de grands destins.

Pyrrhus II, fils d'Eacide, selon Denis d'Halycarnasse, repoussa les Romains près d'Asculum ; mais la défaite des Romains

2.   11

ne fut ni bien claire, ni bien constatée : aussi, lorsque Pyrrhus, blessé au bras d'un coup d'épieu, s'entendoit féliciter de sa victoire. — « Amis, dit le héros, encore une victoire pareille, et nous sommes perdus ! »

(8)   Guise et les siens ont fui pour la première fois.

Les historiens saxons insinuent que sur les bords du Veser, Charles ayant quitté son camp, ses troupes furent repoussées. (Voyez *Bibliothèque Britannique*, tom. 37 , p. 200).

FIN DES NOTES DU CHANT DIX-NEUVIÈME.

CHANT XX.

Cependant des Français l'intrépide héros,
Sur sa barque brisée, à la merci des flots,
Lutte avec les courants, et, courbé sous ses chaînes,
N'attend que le trépas, qui doit finir ses peines.

Sur les eaux, que le vent tourmente avec fureur,
La tempête répand sa ténébreuse horreur;
L'horizon disparoît, le bord fuit, le ciel gronde;
L'épouvante s'élève hors des gouffres de l'onde :
La nuit succède au jour; et d'horribles éclairs
Sont les astres du ciel, et le brasier des airs.

Poussé par l'ouragan contre un rocher aride,
Bientôt la barque s'ouvre à l'élément perfide;
Et Charle, sans secours, au milieu du bateau,
Voit la mort à ses pieds s'introduire avec l'eau.
Hélas! quelle douleur déchireroit son âme,
S'il savoit que l'enfer, par son agent infâme,
De cet orage même accablant ses sujets,
Devant les rois du Nord a fait fuir les Français!

Dans les airs enflammés, tout à coup à sa vue,
La foudre, en serpentant, a déchiré la nue;

11.

Et tombant sur l'esquif, renverse dans les flots
Le pilote éperdu. Seul alors sur les eaux,
Jouet des vents, sans force, enchaîné dans sa barque,
« — Fleuve! s'est écrié l'infortuné monarque,
» Hâte-toi de m'ouvrir le tombeau qui m'attend!
» Ulnare m'abandonne... » O merveille! à l'instant,
Que voit-il!.. Au sommet d'une vague rapide,
Dans un léger esquif, sur la plaine liquide,
Une femme, le front orné de voiles blancs,
Semble, au milieu des eaux, se jouer dans les vents.
Rien ne paroît troubler sa tranquille assurance :
L'ouragan la respecte, et semble en sa puissance.
Brillante avec éclat, belle avec majesté,
Elle étonne le ciel par sa sérénité.
Avec grâce, debout, s'inclinant sur sa rame,
Dédaignant et l'orage, et les flots, et la flamme,
Elle semble, en glissant sur les gouffres ouverts,
La déesse de l'onde, ou l'archange des mers.

Telles, au Scandinave, ombres surnaturelles,
Apparoissent d'Odin les filles immortelles;
Lorsque leurs corps légers s'entourent dans les airs,
De manteaux étoilés, et d'écharpes d'éclairs.

A ce divin aspect, le monarque s'écrie :
« — Est-ce toi? se peut-il? Ulnare! ô mon amie!

» Et j'ai pu, tout à l'heure, oubliant ton pouvoir,
» Douter de ton secours, abjurer tout espoir!..
» O prodige inouï de l'amour le plus tendre!
» Etre mystérieux, que je ne puis comprendre!
» Ulnare ! ange du ciel! évitant mon regard,
» Tu seras donc toujours PARTOUT ET NULLE PART ! »

Il dit; et par degrés l'esquif de son amante
S'approche, en tournoyant, sur la vague écumante :
En vain l'air obscurci par un brouillard épais,
De l'inconnue au loin lui dérobe les traits;
Charlemagne, appelant son amante fidèle,
Ne la reconnoît pas... mais il sent que c'est elle.

Opposant un front calme aux secousses des vents,
D'un voile aérien ouvrant les plis mouvants,
Près de Charle bientôt Ulnare est parvenue.
« — Regarde! en vain la foudre éclate sous la nue,
» L'orage apporte Ulnare à tes yeux effrayés,
» Comme l'onde en courroux, qui se brise à tes pieds.

» Je t'avois prévenu de l'embûche perfide;
» Pourquoi négligeas-tu l'avis de ta Druide?..
» Veillant sur tes destins, et pour toi bravant tout,
» Ne suis-je pas toujours NULLE PART ET PARTOUT ! »
Elle dit, et du prince arrête la nacelle :

Puis vers lui s'élançant, — « O Charle! lui dit-elle,
» Eh quoi donc, puis-je encor t'étonner en ce jour!
» Est-il rien d'impossible à l'excès de l'amour!..
   » Ah! je voudrois me voir, en un lieu solitaire,
» Le seul être avec toi qui vécût sur la terre :
» De mes feux te nourrir, à mon sort te lier,
» Te dérober aux yeux de l'univers entier!
» Que m'importent le ciel et la nature entière!
» Je verrois, sans pâlir, bouleverser la terre;
» Pourvu que dans l'abîme, attachée à tes pas,
» Au milieu du chaos, je roule entre tes bras. »

En prononçant ces mots, Ulnare, du monarque
Détache les liens, l'entraîne dans sa barque,
Et semble, au roi des preux, ramener, en ce jour,
La gloire, le bonheur, l'espérance et l'amour.

Le héros des Français passe dans sa nacelle;
Ranimé par Ulnare, il rame à côté d'elle.
« — O Charle! du destin vois l'arrêt merveilleux,
» Dit-elle, en ce moment, sur ces flots orageux,
» Une Druïde mène, et tient en sa puissance,
» La gloire, le salut, et l'espoir de la France!
» Amour! ferme pour nous ces gouffres entr'ouverts;
» Mon frêle esquif contient le sort de l'univers! »

Elle dit : à sa voix semblent fuir les orages :
Un rayon lumineux entr'ouvre les nuages...
L'horizon s'éclaircit; et les vents en courroux,
Font place, en un instant, au calme le plus doux.
Dans le lointain à peine entend-on le tonnerre :
Un pouvoir inconnu les pousse vers la terre :
La vague frémissante ouvre ses légers flots :
Le zéphyr ride seul la surface des eaux :
L'astre brillant du jour revient charmer le monde,
Verse en torrents de feu sa lumière féconde ;
Et déjà sur le ciel plus riant et plus pur,
Dieu fait voguer le calme, en une mer d'azur.

La nacelle d'Ulnare aborde le rivage.
O désespoir nouveau ! débarqué sur la plage,
Charle, entre des rochers, qu'ombrage un bois épais,
Veut suivre, mais en vain, la vierge des forêts;
Du jour à ses regards disparoît la lumière.
Epuisé, chancelant, courbant sa tête altière,
Sans force, au pied d'un chêne, est tombé le héros.
Déjà sur lui la mort ose lever sa faux...
Ulnare a découvert sa plaie envenimée ;
Charle succombe... hélas! songeant à son armée.
L'effroyable tourment qui déchira son cœur;
Le sang qu'il a perdu, ses regrets, sa fureur;

Sa joie en revoyant une amante chérie,
Tout a hâté sa mort... En sa triste agonie,
Hors d'état de parler, et même de gémir,
Charle trembloit de voir sa Druïde le fuir;
Et, d'un air suppliant, disoit dans son silence,
« *Ulnare! je crains moins la mort que ton absence.* »

    Expirant au milieu de ces rochers déserts,
Sur son Ulnare seule il a les yeux ouverts :
A ses moindres discours il veut prêter l'oreille :
Sur tous ses mouvements avec ardeur il veille :
On diroit qu'elle seule, arbitre de son sort,
Peut, comme aux éléments, commander à la mort.
L'entourant de ses bras, la Druïde chérie
Arrête les ciseaux prêts à couper sa vie;
Et semble, en se courbant sur l'objet de ses feux,
Lui verser l'existence, en souffles amoureux.

    Ulnare se relève, ô surprise!.. à sa vue,
Un archange céleste, en traversant la nue,
Jette au loin des parfums sur un tertre fleuri :
    Le prenant pour l'amour, Ulnare vole à lui.
» — Amour! sauve un héros, ton vainqueur et ton maître!
» Daigne, tranchant ma vie, à Charle la transmettre !
» Ah! ce n'est pas mourir que de passer en lui!
» Fils de Vénus! ô toi que j'implore aujourd'hui!
» Je suis déjà son être, il est mon existence;

» Mon cœur est dans son cœur, ma force est sa puissance;
» Ses vœux sont mes désirs, ses maux sont mes douleurs;
» Amour! en un seul corps unis donc nos deux cœurs! »
  Elle dit : un éclair a sillonné la nue;
La vision céleste est déjà disparue;
Et, flottante vapeur, n'offre plus à ses yeux,
Qu'un nuage sans forme, emporté vers les cieux.

  Sur le tertre où l'archange a semblé, de la nue,
Jeter quelques parfums, Ulnare est accourue :
Un dictame puissant, des simples précieux,
Dont seule elle connoît le pouvoir merveilleux,
Là, non loin du héros, semblent croître autour d'elle.
De son art, à l'instant, la vierge se rappelle :
Des simples elle exprime et tire un suc divin,
Qu'elle porte au monarque... O miracle! soudain
La plaie est refermée!.. Une subtile flamme,
Courant de veine en veine, à son corps, à son âme,
Rend toute leur vigueur; et le héros français,
Pour douter du prodige, en sent trop les effets.

  Charle s'est relevé, vers Ulnare il s'élance...
Ciel!.. elle a disparu!.. Dans l'ombre et le silence,
Ulnare au loin déjà suit les bords du Veser;
Ulnare fuit..: Alors, ô pouvoir de l'enfer!
Un globe lumineux, volcanique et fétide,

Descend des cieux, fend l'air, s'abat sur la Druïde,
Trois fois tourne autour d'elle, et retenant ses pas,
Tout à coup sur sa tête éclate avec fracas.
Au sein d'une vapeur jaunâtre et sulfureuse,
Nage un spectre sanglant, une forme hideuse :
Trois longs cris de détresse épouvantent les airs.
« — Tremble ! s'est écrié l'envoyé des enfers ;
» Les temps vont s'accomplir ; sacrilège prêtresse !
» Que Diane se venge, et que ton règne cesse !
» C'est la sœur d'Apollon, qui jadis, t'éprouvant,
» Daigna te revêtir d'un pouvoir tout-puissant ;
» Ce pouvoir aujourd'hui t'est retiré par elle :
» Perfide ! redeviens une foible mortelle.
» Pour étendre ton culte et pour servir tes dieux,
» Réponds-moi, qu'as-tu fait du sceptre merveilleux?
» En faveur d'un amant, ton culte, ta patrie,
» Tout fut trahi par toi ! C'en est trop, fille impie !
» Par ordre de Diane, en ces rochers déserts,
» Je te ferme les cieux, et t'ouvre les enfers. »
Il dit : et sur Ulnare, interdite et tremblante,
Il souffle un air fétide, une vapeur brûlante,
Et soudain disparoît dans de noirs tourbillons.

Cependant l'ennemi du dieu des trahisons,
Charle, erre en ces forêts... Mais sur lui le ciel veille :
Un bruit sinistre et sourd a frappé son oreille...

Il écoute... l'air tonne... Il reporte ses pas
Vers le fleuve où l'amour l'a sauvé du trépas :
Que voit-il ? juste ciel!.. mourante sur la plage,
Ulnare inanimée!.. Au loin, vers le rivage,
Flotte un brouillard infect, ténébreuse vapeur.
Arrachant de ces lieux l'idole de son cœur,
Sur un tertre voisin Charle l'a déposée :
Ulnare ouvre les yeux... mais de terreur glacée,
La vierge semble encor voir quelque spectre affreux
Devant elle fixé... Quelques sons douloureux
S'échappent de son sein... Egarée, éperdue,
Du rang des immortels elle se croit déchue;
Et, n'osant autour d'elle encor jeter les yeux,
Semble un ange proscrit, précipité des cieux.

Surpris, épouvanté, Charlemagne s'écrie :
« — Ulnare, ô mon sauveur! chère et céleste amie!
» En quel horrible état te revois-je en ces lieux!
» De quel nouveau mystère?.. — Arrête! au nom des dieux!
» Dit la vierge en délire, épargne ma foiblesse!..
» N'entends-tu pas encor les trois cris de détresse?..
» O grâce!.. Par pitié, ne m'interroge plus! »
Son trouble convulsif, ses regards éperdus,
Ses bizarres discours, tout est démence en elle.
Charle n'ose insister : — « Ulnare, ange fidèle!
» Pourquoi m'as-tu quitté? pourquoi toujours me fuir?

» Loin de toi, de douleur veux-tu me voir mourir?..

» Oh! viens!..»Plus calme alors, mais d'une voix tremblante,
Ulnare l'interrompt : — « Ah ! si pour ton amante,

» Charle, un amour sincère eut régné dans ton cœur,

» Il ne tenoit qu'à toi d'assurer son bonheur :

» Sauve-moi!.. tu le peux... Jette l'anneau d'Ulnare. »

     Un nouveau désespoir du monarque s'empare :
Jeter l'anneau fatal, c'est abjurer sa foi.
Ulnare dicte encor cette effroyable loi!

« — Ah! barbare! pourquoi m'avoir sauvé la vie?..

» De nouveau je la perds, en perdant mon amie !

» Ne peux-tu proposer qu'un crime à ton amant?

» Abjure, ô mon Ulnare! un culte avilissant :

» Au trône et dans mes bras Dieu lui-même t'appelle. »
Alors, levant les yeux vers la voûte immortelle :

« — Grand Dieu! daigne l'admettre au rang de tes élus!

» Peut-on être païenne avec tant de vertus!..

» D'Ulnare fais cesser l'aveuglement funeste!

» Ah! s'il est sur la terre un cœur déjà céleste,

» Ulnare le possède!.. » A ce discours touchant,
La vierge s'est levée... au héros s'adressant,
Pâle, l'œil abattu : — « Noble Charle! dit-elle,

» Pour toi, jusqu'à ce jour, j'agis en immortelle;

» Je fus une puissance... Hélas! pleure sur moi!..

» J'ai fait tout par amour, j'ai perdu tout pour toi. »

Lentement, à ces mots, s'éloignant du rivage,
Ulnare au fond des bois, dont le sombre feuillage
Cachoit l'aspect du ciel, et déroboit le jour,
Suit d'un sentier couvert le sinueux détour;
N'osant l'interroger, respectant ses mystères,
Charle pour elle encor lève au ciel ses prières;
Mais il brûle de joindre et l'armée et ses preux :
Sans doute Ulnare encor va le rendre à leurs vœux.
Charle la suit... Errante, elle marche inquiète;
Sur ses traits est le calme, en son cœur la tempête.

La forêt, les rochers, leurs antres infernaux,
La nuit... Aucun danger n'occupoit le héros :
Quand soudain le doux son d'une harpe plaintive,
Comme un accord divin parti de l'autre rive,
A sa triste pensée arrache le guerrier :
Il écoute... Nul son ne succède au premier.
La Druïde s'arrête. — « O Charle! lui dit-elle,
» Ce son plaintif et tendre est la voix immortelle
» De l'esprit des déserts qui m'annonce la mort :
» S'envolant, l'âme ainsi jette un céleste accord. »
Alors sur la bruyère, au pied d'un chêne antique,
Un barde enveloppé d'une sombre tunique,
S'offre à leurs yeux, penché sur la harpe d'Odin.
Le calme des vertus est sur son front serein;

Son regard inspiré semble un rayon de flamme;
L'âge a voûté son corps, mais sans glacer son âme;
Et son épaisse barbe, à gros flocons tombant,
Relève de ses traits l'ensemble attendrissant.

La Druïde l'observe, et l'admire en silence;
Jusqu'auprès du vieillard Charlemagne s'avance :
Le barde se croit seul, il va chanter encor.
L'œil levé vers les cieux, tenant sa harpe d'or,
Des chants aériens il attend le génie...
Il prélude... et sa voix aux accords se marie.

« Salut, printemps sacré! tendre concert des cieux!
» Salut! Quand de la mort le spectre ténébreux,
» Sorti du lac désert, sur ma tête s'avance,
» Le barde chante encor... Ecoutez en silence.
» Sans la lyre immortelle, hélas! qu'est le passé?
» Une lumière éteinte, un monument brisé.
» Des antiques Gaulois ma voix est la mémoire :
» Ah! l'oiseau de l'oubli plane en vain sur leur gloire.
» Vainqueur, marchant vers eux, lorsqu'un roi conquérant *
» S'écrioit : — Fier Gaulois, que crains-tu maintenant?
» — Rien, répondoit le Franc d'une voix téméraire (1),
» Hors la chute du ciel. Pour gouverner la terre,

* Alexandre-le-Grand. (Voyez la note.)

» Rome, qu'il te fallut et d'efforts et de temps!..

» Ah! la France a pu seule offrir, en peu d'instants,

» Tes milliers de héros, tes dix siècles de gloire,

» Et sous un seul monarque!.. O filles de mémoire!

» Célébrant sur sa harpe et la Gaule et ses preux,

» Que le chantre des Francs soit l'inspiré des cieux!

   » Quand glissant sur les eaux, grondant dans les tempêtes(2),

» La voix du grand Esprit retentit sur nos têtes;

» Quand du sommet tremblant des chênes inspirés,

» Le ciel tonne en courroux sur ses fils égarés;

» Divins aïeux des Francs, sur vos chars de nuages,

» Météores sauveurs, dispersez les orages!

   » Hélas! plus de bonheur pour le barde gaulois!

» Mon amie à mes chants ne mêle plus sa voix :

» Douce et blanche colombe! au pied de la vallée,

» Comme un parfum, ton âme en paix s'est exhalée:

» Ah! le soir sur le roc... O regrets superflus!..

» La vierge des amours ne m'apparoîtra plus.

   » Adieu, forêts! Bientôt, en vapeur fugitive,

» Mon ombre loin de vous s'envolera plaintive;

» Adieu, chênes sacrés! sapins audacieux!

» Sur vos rameaux divins portez mon âme aux cieux.

» Adieu, harpe céleste!.. Ah! du moins, sur ces plages,

» Charme mes derniers jours, échos des premiers âges!

» France!.. à ton nom sacré, que le barde expirant,

» Sente encor son cœur battre... et meure en te chantant!... »

A ces derniers accords, pâle, foible, glacée,
D'un souvenir cruel vivement oppressée,
L'infortunée Ulnare, à ses maux succombant,
Sans force contre un roc, tombe sans mouvement.
  Le monarque effrayé l'interroge, l'appelle :
Cherchant à lui cacher sa souffrance mortelle,
« — Ah! ces accords, dit-elle, ont déchiré mon cœur ;
» Un barde fut mon père... » A ces mots, la douleur
Coupe la voix d'Ulnare... Un morne et long silence
De ses premiers transports calme la violence.
« — Charle! reprend enfin la vierge des forêts,
» Avant que loin de toi je m'exile à jamais,
» Ecoute; mon récit te surprendra peut-être.
  » D'un barde et d'une Grecque Ulnare reçut l'être :
» Transplantés par le sort, amants mystérieux,
» Jadis près d'Eresbourg, ils s'unirent tous deux,
» Au fond d'un antre obscur : nul mortel téméraire
» De leurs secrets jamais ne perça le mystère ;
» Moi-même j'ignorai leur vie et leurs malheurs :
» On m'apprit seulement, qu'en des lieux enchanteurs,
» De Diane autrefois ma mère fut prétresse :
» Mais, ô douleur! la mort vint frapper sa jeunesse.
» Dans l'antre des forêts mon père m'éleva;
» Au culte de Diane enfant il me voua;

» Et fuyant des humains le commerce perfide,

» Lui-même d'Irmensul se fit prêtre et druïde.

» Son costume sacré, le gui, ses voiles blancs,

» Tout en lui me charma, dès mes plus jeunes ans;

» Et, lorsqu'il fut frappé par les dieux homicides,

» Ulnare se couvrit de l'habit des druïdes.

  » Charle! ô mon bien aimé! je crois l'entendre encor,

» Lorsqu'au bord des torrents, seul, sur sa harpe d'or,

» Il chantoit des Gaulois la céleste origine,

» De ces fils des Titans* la vaillance divine.

» Charle! des Francs lui-même il étoit descendant;

» Ton Ulnare est Française... » A ce récit touchant,

Le roi s'écrie : — « Ulnare! ah! tu naquis pour Charle...

» Aujourd'hui, par ma voix, le ciel même te parle :

» Ainsi que mon pays, que mon Dieu soit le tien!

» Laisse ton protégé devenir ton soutien :

» Ne me refuse plus le bonheur de ma vie!

» Un regard, un seul mot, et nouvelle Eudoxie (3),

» Viens t'asseoir triomphante au trône des Césars! »

Il dit : l'enthousiasme éclate en ses regards :

Mais du barde, à ces mots, la harpe prophétique

Soupire en frémissant, un son mélancolique.

---

* Callimaque , dans l'hymne à Délos, prophétisa aux Grecs
qu'il foudroit sur eux un peuple du Nord, nommé *les Gaulois*,
qu'il fait descendre des Titans. (*Hymn. in Delum*, vers 174.)

Ulnare a tressailli... Les contemplant tous deux,

Le barde lentement s'est avancé vers eux.

« — Noble guerrier! dit-il, phénomène du monde!

» Ta voix anéantit, ton sourire féconde.

» Je rêvois aux Césars, le vieillard de Selma

» Vint, te montra du doigt, et me dit : — Les voilà.

   » Le pont des sept couleurs, qui joint au ciel la terre,

» Verra rouler ton char au temple du tonnerre.

» Je t'étonne... A mes chants ici tout obéit.

» Connois-tu leur pouvoir?.. Sur les tombeaux, la nuit,

» Quand je chante, aux accords de ma harpe immortelle,

» La mort lève sa pierre, et me dit : — Qui m'appelle!..*

» Du Sicambre** inspiré la trompette a sonné...

» L'univers demandoit un maître... Charle est né.

   » Et toi, vierge gauloise! hélas! sur cette terre,

» Aurore boréale, et comme elle éphémère!

» Ton souffle est la magie, et ton regard le ciel;

» Mais ton anneau d'épouse est tombé de l'autel.

» O Charle! il te falloit, sur la rive barbare,

» Une égide céleste... Il t'apparut Ulnare. »

   S'enfonçant à ces mots dans l'épaisse forêt,

---

* Tel est le pouvoir que les chantres du Nord attribuoient à certains chants mystérieux dont ils possédoient seuls le secret. (Voyez le *Hamavaal*, rapporté dans MALLET, t. II, p. 257.)

** Clovis.

Par l'ombre protégé, le barde disparoît.

Charle en vain veut le suivre, il le cherche, il l'appelle;

Mais, tel que ces esprits de substance immortelle,

Qui, prophètes divins, par le ciel envoyés,

Disparoissent aux yeux des mortels effrayés,

Le barde a déjà fui, pour ne plus reparoître.

Ulnare! oh! dans ton cœur quel trouble a dû renaître!..

Que de coups à la fois!.. Plus calme cependant,

Ulnare vers le sol s'est courbée, et cueillant

Des branches de verveine, en forme plusieurs tresses.

« — Charle! ainsi des Gaulois les vierges prophétesses*,

» De verveine** fleurie ornoient jadis leurs fronts.

» Ces vestales ainsi, sur le sommet des monts,

» Des mortels par leurs chants endormoient la souffrance;

» De l'orage et des flots calmoient la violence;

» Par des philtres divins attendrissoient les sens,

» Et hâtoient le retour des beaux jours du printemps.

» Ne vit-on pas jadis la vierge de Nanterre***,

» Sur les bords de la Seine, innocente bergère,

» Des fureurs d'Attila, seule, sauver Paris?..

* Voyez sur les prêtresses de l'île de Seine la note 3 du ch. VIe

** La verveine étoit l'herbe sacrée chez les Gaulois.

*** Geneviève, simple bergère, détourna avec sa houlette la grande armée d'Attila, et sauva les fille de Lutèce de la fureur des barbares. (Voy. *la Vie de sainte Geneviève*, patronne de Paris. ANQUETIL, et autres.)

12.

» O Charle! une Gauloise, en ton heureux pays,
» Digne de partager le sceptre et la couronne,
» Au mortel qu'elle aima prophétisa le trône (4).
   » Pour moi qu'ai-je pu faire! et qu'ai-je été pour toi!..
» Les enfers ou les cieux agissoient-ils par moi?..
» Au sentier de la vie en esclave poussée,
» Vierge surnaturelle, ou prêtresse abusée,
» Que suis-je?.. hélas! du moins, constante dans ma foi,
» Le printemps de mes jours n'a fleuri que pour toi. »
   Elle dit; et sa voix oppressée, affoiblie,
S'est éteinte dans l'air, comme un reste de vie.

   Les coursiers de la nuit commençoient leurs travaux,
Et rouloient dans son char la fille du chaos,
Qui, dans sa course lente, obscurcissant ses voiles,
Semoit son manteau noir d'un peuple entier d'étoiles.

   Ulnare et le héros, rêveurs, silencieux,
Dans la forêt antique erroient encor tous deux.
Au monarque français la route est inconnue;
Mais hélas! de fatigue Ulnare est abattue,
Elle tombe... Le prince en vain cherche un abri;
Nul toit hospitalier ne s'offre devant lui.
Pressant contre son cœur l'objet de sa tendresse,
Il ranime ses sens, il soutient sa foiblesse,
Et bientôt, soulevant ce fardeau précieux,

Il la porte, il la serre en ses bras amoureux.

Il la porte, il la serre en ses bras amoureux.
  De la forêt enfin Charle trouve l'issue.
Un antique château se présente à sa vue :
Près des larges fossés Charle arrête ses pas.
Mourante, évanouie, Ulnare est dans ses bras.
Les airs s'étoient chargés d'une vapeur humide ;
Le roi sur le gazon dépose sa druïde.
Il va sonner du cor... mais, ô tourment nouveau !
Charle ne connoît point les maîtres du château :
Au pouvoir des Saxons il se livre peut-être...
Il hésite... en leurs mains ira-t-il se remettre !
Que faire !.. Ulnare expire, un vent glacé du Nord,
Là, semble lui souffler le frisson de la mort.
Sans doute elle mourra, si son corps sur la terre
Aux injures du temps passe la nuit entière :
Alternative horrible !.. A ses sens éperdus
Bientôt Charle commande, il ne balance plus ;
Il reprend dans ses bras sa belle et tendre amante,
Jusques au pont-levis la transporte expirante,
Saisit le cor... Hélas ! sans appui, sans secours,
Eût-il laissé périr qui conserva ses jours !!!

FIN DU CHANT VINGTIÈME.

NOTES DU CHANT XX.

(1) *Rien, répondoit le Franc d'une voix téméraire...*

Alexandre-le-Grand, fier de ses grandes victoires, et persuadé que l'univers entier le redoutoit, du milieu des pompes de Babylone, fit demander aux Gaulois ce qu'ils redoutoient le plus sur la terre; mais quelle fut sa surprise de recevoir, au lieu des éloges flatteurs qu'il attendoit, la réponse suivante : — Les Gaulois ne craignent sur la terre que la chute du ciel.

(2) *Quand glissant sur les eaux, grondant dans les tempêtes,*
La voix du grand esprit.....

La religion des bardes gaulois avoit quelque ressemblance avec celle des Calédoniens, et avec celle des Francs. Ces derniers reconnoissoient un Être-Suprême ; mais ce n'étoit ni Jupiter, ni Teutatès, ni aucune autre divinité consacrée par le culte des hommes : écoutons à ce sujet l'auteur de la *Gaule Poétique*, orateur et magistrat célèbre que plusieurs ont surnommé dernièrement le Cicéron Français. — « Chez les Francs, le grand
» esprit n'avoit point de nom, de formes, de temples ; c'étoit au sein
» de la nature qu'ils alloient l'invoquer. Emus par les merveilles de
» la terre et des cieux, la gratitude et l'admiration les conduisoient
» par degrés, à la connoissance d'un créateur, qu'ils croyoient voir
» dans tout ce qui manifeste sa grandeur et sa bonté. Ils pensoient
» que les vieux arbres, les rochers élevés, les eaux murmurantes,
» étoient initiés à son pouvoir, et ils s'inclinoient devant ces objets
» sacrés, qu'ils considéroient comme des intermédiaires entr'eux
» et la divinité ; comme des organes, qui transmettoient sa volonté
» et ses oracles. Tout ce qui avoit du mouvement renfermoit,
» disoient-ils, une parcelle de la divine et céleste intelligence ; et
» Dieu étoit pour eux l'ensemble de la nature animée. Ils écou-
» toient sa voix, dans la foudre, dans les aquilons et les torrents :
» les brises parfumées étoient son souffle divin : ils contemploient

» sa gloire, dans les rayons du soleil, dans la splendeur des
» météores et des astres qu'il a prodigués à la nuit. Ils voyoient
» le reflet de son sourire, sur les nuages pourprés du matin,
» dans le limpide azur des fontaines, et sur les gazons émaillés
» de fleurs. » C'est ainsi que l'Être invisible étoit vu. (*Gaule Poé-*
tique, III. récit, p. 125 et 126.)

(3) Un regard, un seul mot, et nouvelle Eudoxie,
Viens t'asseoir triomphante au trône des Césars!

Le Romain lui-même fit, en faveur d'une nation dont il admiroit la valeur, une exception à la loi qui défendoit aux empe-
reurs d'épouser une étrangère ; et le trône des Césars vit s'asseoir, près d'Arcadius, la Française Eudoxie, fille du Franc Bau-
don, qui fut mère de Théodose le jeune. (*Gaule Poétique*,
liv. I.)

(4) Au mortel qu'elle aimoit prophétisa le trône.

« Dioclétien, n'étant que simple officier, rencontra dans les
» Gaules une femme fée : elle lui prédit qu'il parviendroit à l'em-
» pire, lorsqu'il auroit tué *Aper. Aper* en latin signifie sanglier.
» Dioclétien fit la chasse aux sangliers sans succès ; enfin, *Aper*,
» préfet du prétoire, ayant empoisonné l'empereur Numérien,
» Dioclétien tua lui-même Aper d'un coup d'épée, et devint le
» successeur de Numérien. » (CHATEAUBRIAND, t. II. *Des Mar-*
tyrs, notes du livre X.)

FIN DES NOTES DU CHANT VINGTIÈME.

CHANT XXI.

Tandis que Charlemagne erre au sein des forêts,
Séparé de son prince, accablé de regrets,
A combattre, en son camp, se prépare encor Guise.

    Là, sur ces bords lointains, conservant pour devise,
Dieu, sa dame et son roi, l'honneur du vieux pavois,
Le preux, fier descendant des antiques Gaulois,
Couché sur les drapeaux conquis en Germanie,
Rêve les souvenirs si doux de la patrie.
Il s'élance en espoir vers ce temps fortuné,
Où, revenu des camps, de lauriers couronné,
Assis sur la pervenche, heureux près de sa mie,
Il lui racontera les exploits de sa vie,
Ses prouesses, sa gloire, et surtout son amour.
Ces deux futurs époux, ensemble tout le jour,
Là, même en se taisant, seront tout éloquence:
Car, entre amants, l'amour féconde le silence.

    Près l'antique manoir, Raymond, beau paladin,
Jadis, sous les habits d'un jeune pèlerin,
De sa dame guida la blanche haquenée,
Chez l'hermite pieux *de l'urne abandonnée*,
Où, dit-on, sous sa grotte, accueillant leurs serments,

Notre-Dame des bois protégeoit les amants.

« — Ah! s'écrioit Raymond, au pied de la tourelle,
» Bon ménestrel! bientôt, du paladin fidèle,
» Viens chanter le retour! Ne plus croire au bonheur,
» C'est douter du pouvoir, des soins du Créateur:
» Repousser l'espérance en nos cœurs descendue,
» O Roi des cieux! de toi c'est détourner la vue. »

Ainsi l'amour, l'espoir, tout accroît la valeur;
Tout enflamme les preux; et ce qu'un lâche cœur
Nomme témérité, confiance illusoire,
Pour le guerrier français est l'instinct de la gloire.

Mondragant, roi des Huns, la terreur des chrétiens,
Sur la côte opposée électrisoit les siens.
Allumant un bûcher dressé loin de la plaine,
Il égorge lui-même* une victime humaine :
Puis sa main du brasier retire un pieu brûlant,
Le présente à sa troupe, et l'éteint dans le sang.
Ce pal, fumante image, entre ses mains infâmes,
Teint des couleurs du meurtre, et noirci par les flammes,
Offre ce sens horrible, emblème menaçant,
Incendie et *carnage.* — « Ami! dit Mondragant
» A l'un de ses guerriers, va présenter au brave,

---

* Voyez sur la manière dont les rois et chefs du Nord convo-
quoient leurs troupes, STRUST, *Anglet. anc.*, t.. — P. PITHOEUS,
In glossar. — *Capitul. Carol. Magn.*, fol. 18, 19 et 44, — et autres.

» Sur le bord de l'Ister, du Raab, de la Drave,

» Ce signal des combats d'extermination :

» Que son aspect en masse arme la nation!

» Et meure dans la fange, abreuvé d'infamie,

» Tout lâche enfant du Nord, qui dans la Pannonie,

» Pourra rester oisif après l'avoir reçu! »

　　　Ainsi parloit le monstre. Un torrent inconnu,

Non loin rouloit ses flots... alors, sur l'autre rive,

Harald le Scandinave, à sa troupe attentive,

Adressoit ce discours : — « Fils des rois de Midgard*!

» Thor nous guide aux combats : d'Odensée et d'Asgard

» Méritons d'assister aux immortelles fêtes !

» Sur des patins légers devançant les tempêtes (1),

» Quelque jour, avec nous, Uller traversera

» L'heureux fleuve glacé qui mène au Vahalla.

» S'il faut mourir, du moins, couronnant notre gloire,

» Que nos derniers soupirs soient des chants de victoire!

» Tous, nous désavouerons, imitateurs d'Odin,

» Les tourments de la mort par le ris du dédain.

» Méritons de Biard l'épitaphe immortelle (2) :

» *Il tombe, rit et meurt.* Scandinave fidèle !

» Le grand frêne *Idrasil***, égide des héros,

---

* Ville bâtie pour les fils des hommes avec les sourcils du géant *Ymer*, dont j'ai parlé dans l'hymne scandinave, au chant X, et dans la note 12 de ce même chant.

** Voyez sur le frêne *Idrasil* la note 4 du chant X°.

» Va sur nous, dans les camps, étendre ses rameaux. »

Il dit : sa troupe écoute, et l'admire en silence.

Sur les bords du torrent le roi des Huns s'avance :

Déjà l'ombre du soir couronnoit l'horizon :

Un arbre que jadis renversa l'aquilon,

Croisoit l'abîme obscur, et joignant chaque rive,

Jetoit un pont tremblant sur l'onde fugitive.

L'astre des nuits, sortant d'un nuage entr'ouvert,

Réfléchi par les flots, apparoît au désert,

Entre les pins touffus, noirs amants des ténèbres,

Tel qu'un spectre au milieu des monuments funèbres :

Il semble, en ces forêts, guide mystérieux,

Venir furtivement chercher les malheureux

Destinés aux revers, condamnés aux alarmes,

Pour les conduire en paix hors du vallon des larmes :

« — Harald! dit Mondragant, laisse-là ton Asgard,

» Ton Uller, ses patins, et ton grand roi Biard!

» Il s'agit de combattre en ces champs mémorables,

» Et non d'y raconter de ridicules fables.

» Harald! imite-moi, je porte à mon côté

» Mes ancêtres, mes lois, et ma divinité. »

« — Guerrier! répond Harald, à peine, en ta patrie,

» Connois-tu l'être obscur qui te donna la vie :

» Aisément je conçois qu'un soldat sans aïeux

» Affecte un tel dédain pour d'anciens noms fameux;

» Mais, malgré ses fureurs et sa maxime impie,

» Ces noms seront toujours l'orgueil de la patrie.

» Va, méprise nos lois, nos aïeux, notre Asgard!

» Tes principes sont ceux des enfants du hasard.

    » Tu vantes ta valeur : nul dieu ne la seconde.

» Si Harald en champ clos te disputoit le monde,

» Je te dirois d'avance... : Être présomptueux !

» Fuis! cède-moi la terre! » A ces mots, furieux,

« — La terre!.. dit le Hun, celle que je t'apprête,

» Toute l'éternité pèsera sur ta tête. »

    Il dit; mais de dédain son rival a souri :

L'odieux chef des Huns veut s'élancer sur lui;

Mais le pont du torrent s'opposant à sa rage,

Vieux arbre consommé lui refuse un passage.

Harald s'est écrié : — « Va, le torrent en vain

» Nous sépare aujourd'hui... la vengeance, demain,

» Ailleurs rapprochera le brave du perfide. »

S'entourant, à ces mots, de sa troupe intrépide,

Le Scandinave altier s'éloigne lentement.

    Une tour isolée, antique monument,

Sert de tente au héros ; il y rentre en silence;

Il n'a qu'une pensée... un désir... la vengeance.

Mais du chef de l'armée alors un ordre écrit,

Vient engager Harald à se rendre la nuit,

Non loin de la forêt, seul, sous l'antique chêne

Qui, près le mont Cramer, isolé sur la plaine,

Fut au dieu Teutatès* voué par les Saxons :
Là doit se réunir au prince des Slavons,
Le souverain des Huns ; Vitikind les rassemble,
Afin que ces héros se concertent ensemble
Sur un secret dessein dont il n'instruira qu'eux.

Flatté d'être appelé par un prince fameux
A ce conseil de Rois, le chef des Scandinaves,
Aux salles du banquet en informe ses braves.

« — Compagnons, leur dit-il, l'orgueilleux Mondragant
» Doit au chêne sacré se rendre également :
» Qu'il trouve sur sa route une mort méritée !
» Que le torrent reçoive en son onde irritée,
» Du monstre audacieux le cadavre sanglant !
» Vingt guerriers vont partir... Déja Nastrong**l'attend. »

Mais Scothler s'est levé : fameux par sa sagesse,
Ce scalde de son prince éleva la jeunesse :

« — L'ai-je bien entendu !.. Quoi ! le chef de l'Etat,
» Harald, veut se venger par un assassinat !..
» O mon maître ! quel scalde, illustrant ta mémoire,
» Après un tel forfait pourra chanter ta gloire !..
» Enflammant les guerriers par leurs chants belliqueux,
» Tu le sais, aux combats, les scaldes***valeureux

---

* *Teutatès*, fils d'Odin. C'est le même que Thor.
** *Nastrong*, c'est l'enfer. (Voy. note 13 du chant VII°.)
*** Voyez, sur les scaldes et leurs attributions, la note 12 du chant VII°.

» Sont des héros passés les annales vivantes :
 » Que diront-ils de toi!.. Confuses et tremblantes,
 » Leurs harpes se tairont... Silence accusateur,
 » Tu seras à jamais la honte du vainqueur ! »
    Il dit ; mais furieux, le chef des Scandinaves
A chassé le vieillard de la salle des braves.
 « — Garde-toi de jamais reparoître à mes yeux! »
A-t-il dit à Scothler. La nuit couvroit les cieux :
Harald monte au sommet de sa tour délabrée ;
Il est seul : tout à coup, d'une harpe inspirée,
Les sons harmonieux parviennent au héros :
Il écoute, surpris ; Scothler chante ces mots (3) :

    « — A l'heure où l'indigent, oubliant sa misère,
 » Du moins repose en paix sur son lit de fougère,
 » Errant, et sans secours, Harald ! ton vieux ami,
 » Courbant son front glacé, par l'âge appesanti,
 » Fugitif, ne sait plus où reposer sa tête.
 » Quel est son crime ? hélas!.. du ciel digne interprète,
 » Il t'indiqua toujours le chemin de l'honneur ;
 » Il te le montre encor : sa voix parle à ton cœur.
 » Oh! que jamais le crime, en fascinant ta vue,
 » A ta prospérité ne serve d'avenue!
 » Crains-tu qu'un ennemi, protégé par le sort,
 » Ne t'immole à sa haine ? Eh! qu'importe la mort,
 » Si ton nom renommé va faire, en ta patrie,

» Battre un cœur généreux mille ans après ta vie !

» Avant tout, la vertu : qu'importent les revers !

» Le malheur véritable est d'être né pervers.

   » Harald ! dût l'aquilon, soufflant avec furie,

» Dans mes veines glacer les sources de ma vie ;

» De la faim, de la soif, dussé-je lentement,

» A ta porte étendu, subir l'affreux tourment ;

» Scothler, ton ancien guide, ami de ton vieux père,

» Ne s'écartera point de ta tente guerrière.

» Que peut-il craindre encor !.. Des vieillards expirants,

» O Harald ! s'il est vrai que les derniers accents

» Aient un pouvoir magique, en ces lieux je demeure ;

» J'implorerai mon fils jusqu'à ma dernière heure :

» Son cœur n'est qu'égaré, mais n'est point avili ;

» Et mes derniers accents parviendront jusqu'à lui. »

   Scothler chantoit encor... mais de la tour déserte,

Soudain la porte basse à ses yeux s'est ouverte ;

Et Harald, l'œil en pleurs, s'est jeté dans ses bras.

« — Scothler ! ô mon ami ! moi causer ton trépas !.. .

» Pardonne à ma jeunesse une erreur passagère !

» Sois toujours de ton fils le guide tutélaire !

» Mes remords t'ont vengé... Scothler, pardonne-moi !

» Je reviens aux vertus, en revenant à toi. »

Il dit, et contremande un ordre sanguinaire.

Cependant l'heure fuit; au chêne solitaire,
Près de porter ses pas, levant au ciel les yeux :
« — O Braga ! dit Harald, chantre éloquent des dieux !
» Daigne au conseil des rois, éclairant ma jeunesse,
» Dans l'âme d'un soldat descendre ta sagesse ! »
     Il dit ; et se rend seul où Vitikind l'attend.
Sur le sommet du chêne, un fanal éclatant,
Perçant l'obscurité, du héros intrépide
Au loin frappe la vue, et vers l'arbre le guide.
Bientôt au pied du mont Harald est parvenu ;
Au même lieu déjà Mondragant s'est rendu.
« — Fils d'Odin ! dit le Hun, Lock, le dieu de l'adresse,
» Ne te prévient donc pas des piéges qu'on te dresse ?
» Vois ce fanal !.. il luit sur tes derniers instants.
» L'arbre de Teutatès, sans ces feux éclatants,
» Ici m'eût présenté l'emblème de ta vie,
» *Obscurité profonde.* » Il dit : ô perfidie !
Contre le sol Harald sent ses deux pieds saisis
Par un lacet de fer : ses efforts inouïs
Resserrent mieux encor le cercle qui l'arrête.
La clarté du fanal meurt... Soudain, sur sa tête,
L'arbre de Teutatès à grand bruit s'abattant,
Le renverse et l'écrase aux yeux de Mondragant
Qui, vil railleur, lui crie : — « Arbitre de la guerre !
» Te voilà déchargé des destins de la terre !
» Héritier d'un grand nom !.. vois !.. du côté d'Asgard,

« S'élève un météore.... O prince de Midgard !
« C'est le frêne Idrasil, sur ces rives hónies,
« Qu'ont abattu sur toi les douze Valkyries. »

Déjà Harald n'est plus : Mondragant, en secret,
Donne ordre qu'on l'enterre au sein de la forêt.
Emissaires zélés, deux lâches satellites,
Exécutant soudain ses volontés prescrites,
Transportent le cadavre en des bois ténébreux :
Ils vont creuser le sol... mais, ô terreur! vers eux,
A travers les sapins, quel objet se dirige?..
Un guerrier gigantesque... Il s'avance... ô prodige!
Une ombre l'accompagne, et marche à ses côtés :
A cet étrange aspect, d'horreur épouvantés,
Les Huns, laissant Harald étendu sur la terre,
S'échappent sans remplir leur honteux ministère.

O trouble du coupable! en ce bois menaçant,
Grossis par la terreur, cette ombre, ce géant,
C'étoient Ulnare et Charle... Alors, d'un pas rapide,
De sa route égaré, le monarque intrépide,
Près d'Ulnare suivoit le détour sinueux
Qui, près du château fort, les conduisit tous deux.

Des astres de la nuit la paisible lumière,
D'une gaze d'argent sembloit couvrir la terre :

Prêt à sonner du cor, Charlemagne agité,
Contemple du château la sombre majesté.

Au pied des murs du fort, citadelle imposante,
Dans de larges fossés dormoit une eau stagnante.
Attaqués par le temps, et déjà découverts,
Quatre donjons aux vents livroient leurs flancs ouverts,
Depuis long-temps peuplés de ces oiseaux funèbres,
Qui, prophètes de mort, habitent les ténèbres.

Entre ces vieilles tours, monuments délabrés,
S'élevoit le château, dont les murs réparés,
Solidement construits, imprenables peut-être,
Paroissoient orgueilleux de renfermer leur maître.

Charle n'hésite plus... Sur ces remparts déserts,
Bientôt le son du cor fait retentir les airs.
Un nain paroît... observe... et de la forteresse,
A sa perçante voix, le pont-levis s'abaisse.
Sous un large portique, éclairé foiblement,
Le nain mène, en silence, Ulnare et son amant,
Et leur fait traverser plusieurs salles gothiques.

Des casques, des drapeaux, des armures antiques,
Brillent de tous côtés les faisceaux orgueilleux.
Le bruit seul de leurs pas retentit autour d'eux.
Ils s'avancent... Bientôt, dans une vaste salle,
Près d'un large foyer, d'où la flamme s'exhale,
Un vieillard les reçoit; ses traits et sa douceur,

Dès le premier abord, parlent en sa faveur :
Il ranime les sens d'Ulnare anéantie;
Lui prodigue ses soins, la rappelle à la vie;
Et, par son tendre accueil, par ses discours touchants,
Semble un père chéri qui reçoit ses enfants.

    Ses généreux secours, son heureuse assistance,
Ont vivement touché le héros de la France.
Des mets simples, servis et sans luxe et sans art (4),
Sont aux deux voyageurs présentés. « — Bon vieillard!
» Dit Charle, un jour puissé-je, heureux de ta présence,
» Te payer le tribut de ma reconnoissance!
» Mais apprends-moi ton nom : — Mon nom est Clodhérant,
» Lui répond le vieillard; ainsi que toi vaillant,
» Jadis j'ai combattu... mais les malheurs et l'âge
» Ont épuisé ma force, et glacé mon courage.
    » O mon fils! ton accent, tes discours et tes traits
» M'ont appris ton pays... tu dois être Français...
» Ah! ne t'alarme pas! l'aride Germanie
» N'eut jamais mon amour, et n'est point ma patrie :
» Sans pouvoir les quitter, j'abhorre ces climats :
» Le sort le plus cruel attache ici mes pas.
» Jeune, je débutai par un crime funeste :
» Jadis je fus Français... Mes pleurs disent le reste.
    » Notre culte est le même : au sein de la forêt,
» S'élève une chapelle, où la nuit, en secret,
» Seul avec mes remords, et tout à ma souffrance,
                                               13.

» Je vais prier le ciel pour Charle et pour la France. »

Il dit : Charle attendri de cet aveu touchant,

Presse contre son cœur la main de Clodhérant :

Quelques pleurs fugitifs obscurcissent sa vue,

Et le vieillard sensible, en ces mots continue :

« — Sur les bords de la Loire, en ces climats heureux,

» Admirés des mortels, favorisés des cieux,

» Clodhérant prit naissance. O Tours ! ô ma patrie !

» Faut-il, sans te revoir, que j'achève ma vie !..

» Bords charmants de la Loire, et vous, rocs sourcilleux,

» Témoins de mes beaux jours, et de mes premiers jeux !

» Prés fleuris, où la course exerçoit ma jeunesse !

» Echos, qui répétiez mes accents d'allégresse !

» O vous, qui d'un proscrit ne vous souvenez plus !

» Berceaux de mes aïeux, qu'êtes-vous devenus !..

    » Ah ! dans mon âme encor retentit mon enfance,

» Comme des sons divins d'amour et d'innocence,

» Qui, s'élevant en chœur, vers les dômes sacrés,

» Bientôt, dans le lointain, se perdent par degrés. » ·

Des larmes, à ces mots, se faisant un passage,

Du vieillard vénérable inondent le visage :

« — Pardònne ! ajoute-t-il, retenant ses sanglots ;

» Pour moi le souvenir est le plus grand des maux :

» Apprends et més erreurs, et leur suite funeste,

» Hélas ! j'ai tout perdu... Le remords seul me reste.

» Toi qui m'as tant puni, laisse-moi, Dieu cruel !
» Revoir un seul instant le hameau paternel !
» Là, je croirois encor, enivré d'allégresse,
» Respirant l'air natal, ressaisir ma jeunesse.

« Quand le vaillant Pépin, père et fils de héros,
» Contre les fiers Saxons dirigea ses travaux,
» Seigneur! j'entrois à peine au printemps de mon âge.
» Heureux temps ! tout sembloit sourire à mon courage.
» Vaillant, riche, bien fait, né d'un illustre sang,
» Heureux dans le passé, glorieux du présent,
» L'avenir ne m'offroit qu'une image riante :
» L'aurore de mes jours brilloit éblouissante ;
» Aurois-je pu prévoir un destin rigoureux!..
» Mon roi me chérissoit... et j'étois vertueux.
« J'accompagnai Pépin en ce climat sauvage ;
» Au milieu des combats signalant mon courage,
» Je soutins noblement le nom de mes aïeux;
» Et mon prince l'orna de titres fastueux.
» Mais, ô funeste sort ! ô douleur éternelle !
» En ce même château, je vis la jeune Osnèle.
» Redoutant les Français, pour un père chéri,
» Osnèle en suppliante implora mon appui.
» Fraîche comme la rose ouverte par l'aurore,
» Osnèle des vertus s'embellissoit encore :
» Je la vis, je l'aimai, je perdis le bonheur;

» Et l'amour fut en moi le tombeau de l'honneur.'

  » Bientôt sous mes drapeaux un ordre me rappelle :

» On poursuit les Saxons... Il faut quitter Osnèle...

» Osnèle gouvernoit et mon cœur et mes sens :

» Je lui sacrifiai patrie, honneur, parents;

» Et, lâche déserteur, chassant de ma mémoire

» Le cruel souvenir d'avoir souillé ma gloire,

» D'avoir quitté mon roi, d'avoir fui mes drapeaux,

» Je vécus, près d'Osnèle, en un honteux repos.

  » Mais le ciel, qui punit les erreurs criminelles,

» Troubla bientôt la paix de deux époux fidèles :

» A peine d'un hymen j'avois serré les nœuds,

» Que m'enlevant Osnèle, un rival furieux,

» Chef de brigands, me laisse, en ce triste rivage,

» Pour compagne la honte, et pour seul bien la rage.

  » Osnèle, courageuse et ferme en son malheur,

» Dans les fers d'un tyran conserva son honneur :

» Mais le guerrier sauvage, amant de mon Osnèle,

» Atteint dans les combats d'une flèche mortelle,

» La condamne, en mourant, à subir, sous ses yeux,

» Des supplices connus un des plus monstrueux.

  » Seul, d'Osnèle un matin je déplorois l'absence;

» Vers moi, dans la forêt, une femme s'avance...

» Un voile épais la couvre... A sa marche, à son port,

» Même à ses vêtements, mon âme, avec transport,

» Palpitante d'espoir, croit reconnoître Osnèle,

» Elle marche avec peine... Un enfant est près d'elle ;

» Il semble la conduire... — Oh! qui que vous soyez !

» M'écriai-je éperdu, me jetant à ses pieds ;

» Terminez de mon cœur la souffrance cruelle...

» Parlez ! parlez de grâce ! êtes-vous mon Osnèle ?..

» A genoux, hors de moi, je proférois ces mots :

» Quel trouble me saisit ! j'entends de longs sanglots...

» Le voile est soulevé... J'aperçois l'inconnue...

» C'est Osnèle... O surprise, horrible, inattendue !

» Ses yeux, ses yeux charmants, à la clarté du jour,

» Par un crime inouï, sont fermés sans retour.

» Plus d'attraits, de fraîcheur, ni de grâces en elle !

» Mon épouse n'est plus que le spectre d'Osnèle.

» — *Cher époux ! O moment de tendresse et d'horreur !*

» *Me dit l'infortunée, en tombant sur mon cœur,*

» *Mon œil ne te voit plus... ton rival !... un barbare...*

» Je l'interromps... L'excès du désespoir m'égare :

» — Osnèle ! m'écriai-je, idole de mon cœur !

» Ma funeste tendresse a causé ton malheur :

» J'ai perdu mon Osnèle en me perdant moi-même.

» Quel discours !.. quel accueil !..En mon délire extrême,

» Ma main la repoussoit... et mes yeux égarés

» Fixoient, avec effroi, ses traits défigurés.

» Ce dernier coup l'accable... — O Clodhérant ! dit-elle,

» L'horreur seule... voilà ce que t'inspire Osnèle !..

» Dieu juste ! en est-ce assez !.. O toi que j'adorois !

» Cher Clodhérant, adieu! sois libre désormais!
» Que les remords enfin cessent de te poursuivre!
» Tu ne peux plus m'aimer... moi, pourrois-je encor vivre!..
» Nos amours finissant, tout est fini pour moi :
» A peine ici j'ai pu me traîner jusqu'à toi.
» Osnèle, avant ta mort, vouloit encor entendre
» Le doux son de ta voix... Epouse toujours tendre,
» Dans tes bras expirante, en cet affreux moment,
» Plus que jamais Osnèle adore Clodhéraut.
» Elle dit, et voudroit continuer encore;
» Mais en vain... Sa voix meurt, son teint se décolore,
» Elle tombe à mes pieds... Sa douleur, son effroi,
» Les maux qu'elle a soufferts pour venir jusqu'à moi,
» L'épouvantable arrêt exécuté sur elle,
» De sa vie ont éteint la dernière étincelle.
» En vain l'air retentit de mes cris superflus;
» En vain j'appelle Osnèle... Elle n'existe plus. »

    Là s'arrête oppressé le vieillard trop sensible...
Charle attendri, le plaint, calme sa peine horrible;
Et bientôt, reprenant le récit de ses maux,
L'hôte du vieux manoir continue en ces mots :
« — J'ignore, ô paladin! comment, privé d'Osnèle,
» Ici je pus survivre à ma douleur mortelle :
» Mes mains dans la forêt creusèrent son tombeau;
» J'ensevelis mes jours dans ce triste château...

» Pour joindre Osnèle enfin, j'attends ma dernière heure :

» Seul, depuis quarante ans, sur sa tombe je pleure ;

» Et, pour rendre ici-bas mes tourments plus cruels,

» Ainsi que mes remords, mes jours sont éternels.

   » Mes larmes sont encor mes seules jouissances.

» Honte de ma patrie, auteur de mes souffrances,

» Hélas! j'aurai passé sur la terre, inconnu

» Comme un fleuve sans nom, dans le désert perdu.

   » O mon fils! quand la mort eut frappé mon amie,

» Seul avec mes remords, traître envers ma patrie,

» Livide, l'œil hagard, d'un pas tremblant j'errois,

» Tel qu'un tigre féroce, au milieu des forêts.

» Dans des antres profonds, maudissant l'existence,

» De mon sein, qu'égaroit l'excès de la souffrance,

» Pendant des jours entiers sortoit ce cri d'horreur :

» *Fuis l'aspect des mortels! fuis, lâche déserteur!*

» Alors, désespéré, me roulant sur la terre,

» J'appelois le trépas... Rejetant ma prière,

» Les vents autour de moi, mus par un dieu vengeur,

» Me repoussoient ce cri : — *Fuis, lâche déserteur!*

   » De terreur, mes cheveux se dressoient sur ma tête ;

» J'entendois et mugir et siffler la tempête ;

» Pour tonner sur mon crime, alors, au fond des bois,

» La nature sembloit avoir pris une voix.

» Eperdu, je rentrois ; furioux, en démence,

» Sur ma couche accablé, dans l'ombre et le silence,

» Je tombois... quand soudain, un songe plein d'horreur,
» Me répétoit encor : — *Fuis, lâche déserteur!* »

Du vieillard, à ces mots, la voix foible et tremblante,
Au milieu des sanglots s'exhale gémissante :
Il se tait; et le poids de sa vive douleur,
Comprimé dans son sein, retombe sur son cœur.

Touché de ce récit, le héros de la France
Cherchoit de Clodhérant à calmer la souffrance,
Quand, soudain, dans les airs, le son aigre du cor,
Au fond du vieux manoir se fait entendre encor.
A ce bruit, prolongé sous des parvis gothiques,
Par l'écho résonnant de mille arches antiques,
Le vieillard étonné se lève... Un vent glacé,
Dans ses vastes salons mugissoit courroucé :
Il écoute... Peut-être a-t-il pu se méprendre...
Pour la seconde fois le cor se fait entendre :
La Druïde a frémi... Charle la voit trembler :
Pour la première fois Charle se sent troubler.
Ah! peut-être bientôt un ennemi barbare
Va menacer ses jours, ou lui ravir Ulnare :
Peut-être pour jamais on va les séparer;
Ah! près d'elle plutôt puisse-t-il expirer!
Le roi tire son glaive, à combattre il s'apprête;
Et déjà, d'un front calme, il attend la tempête.

Le vieillard quitte Charle; il désire savoir
Quels nouveaux étrangers abordent son manoir :
Lui seul au-devant d'eux marche avec assurance.
Partout dans le château règne un profond silence.
D'une lampe, non loin, la funèbre clarté,
Semble péniblement percer l'obscurité.
Le retour du vieillard long-temps se fait attendre :
Enfin, dans le lointain, des pas se font entendre.
Le maître du château s'approche lentement;
Un seul guerrier le suit... Chevalier imprudent,
Ce guerrier, loin des siens, dans la forêt, sans doute,
Se sera, comme Charle, égaré de sa route.

L'inconnu sous son casque a dérobé ses traits :
Sa magnifique armure est celle d'un Français;
Mais, ô conduite étrange! en ce manoir paisible,
Ce nouveau paladin, d'un air sombre et terrible,
Observe assidûment le monarque français,
Ecoute ses discours, et ne parle jamais :
Armé de pied en cap, la visière baissée,
Il cache en même temps ses traits et sa pensée.

Sans paroître observer le farouche inconnu,
Le prince a renoué l'entretien suspendu :
Du vieillard il écoute, assis auprès d'Ulnare,
Quelques nouveaux récits sur un pays barbare;

Puis bientôt, à regret, le sensible héros,
Va goûter un instant les douceurs du repos.

    Alors le *chevalier*, surnommé *du Silence* (5),
Que quelque vœu peut-être, ou quelque pénitence,
Selon la loi des preux, a dû rendre muet,
Semble, en se retirant, s'éloigner à regret.

    Au haut d'un vieux donjon, d'une forme bizarre,
Le varlet du manoir seul accompagne Ulnare.
A la pâle lueur d'un flambeau résineux,
Ulnare traversant le château ténébreux,
Remarque avec effroi ses vastes galeries,
Ses plafonds marquetés de vieilles armoiries,
Ses détours inconnus, ses murs mystérieux
Qui, d'étoffes tendus, cachent peut-être aux yeux
L'escalier souterrain, ou la porte homicide.
    La chambre destinée à la belle Druïde,
Se nomme *le salon de l'ombre des sept tours* (6).
Là, dit on, immolée au printemps de ses jours,
Sous le fer d'un tyran, d'un jaloux inflexible,
Des vierges du Veser périt la plus sensible.
Depuis ce jour affreux, dans l'ombre, chaque nuit,
Armé de pied en cap, le barbare, à minuit,
Traverse sept donjons d'une marche tremblante;
Et, sur la place même où périt son amante,

Désespéré, se roule... O funestes amours !
Jaloux ! craignez le sort de *l'ombre des sept tours !*

La nuit depuis long-temps rouloit son char d'ébène :
Tout dormoit... les vents seuls se disputoient la plaine :
Quand soudain, brusquement arrachée au sommeil,
Ulnare ouvre les yeux... Ciel ! quel affreux réveil !
Quel spectacle effrayant se présente à sa vue !
La Druïde se voit sur la terre étendue...
Au milieu des forêts... une pâle lueur,
Autour d'elle répand une sinistre horreur.
La plus épaisse nuit règne encor sur le monde.
Elle veut se lever... mais, ô terreur profonde !
Un cadavre est près d'elle... Ulnare jette un cri...
Charle n'existe plus , ce cadavre, c'est lui !..

A cet horrible aspect, la Druïde égarée,
Sur le corps du héros tombe désespérée :
Un guerrier la retient... C'est ce même guerrier
Dont le prince, à raison, sembloit se méfier.
Ses traits sont découverts : d'une voix douce et tendre,
De l'amante de Charle il veut se faire entendre :
« — Ulnare, lui dit-il, le lâche Clodhérant :
» Vil trompeur, cette nuit a frappé votre amant ;
» Mais du moins j'ai sauvé sa dépouille mortelle.
» L'infâme Clodhérant, dans sa rage cruelle,

» Alloit sur vous encor appesantir ses coups;
» Ulnare, vous dormiez, je m'emparai de vous;
» A travers les détours d'une route sauvage,
» Je vous portai... Le ciel a guidé mon courage.
» Ah! peut-être mes soins seront mal reconnus!
» Vivre, est-ce un bien pour vous?.. Charlemagne n'est plus!»
   Il dit : sa voix sensible est celle d'une femme :
Son langage touchant semble partir de l'âme.
Infortunée Ulnare! un prestige trompeur
Est offert à tes yeux, pour déchirer ton cœur :
Ce cadavre fatal, étendu sur la terre,
Est celui de Harald, qu'un monstre sanguinaire
Immola la nuit même... et quelque enchantement
Donne à ce guerrier mort les traits de ton amant.
La sœur de Vitikind te tient en sa puissance :
Par son savoir magique assurant sa vengeance,
Triomphante, elle espère, en ces sombres forêts,
Mettre enfin, par ta mort, le comble à ses forfaits.

   La vierge des forêts expirante, éperdue,
Telle qu'une ombre pâle au tombeau descendue,
L'œil fixé sur le corps, sans voir, sans écouter,
Semble ne rien comprendre, et ne plus exister.
Un sombre égarement règne sur son visage :
Plus de larmes!.. Ulnare offre en ces lieux l'image
De l'esprit des douleurs, qui, des bords ténébreux,

Lève un front sillonné par la foudre des cieux.

Pressant contre son cœur la main de la Druïde,
La sœur de Vitikind, du ton le plus perfide,
S'est écriée : — « Ulnare, ah! fuyons! hâtons-nous!
» Clodhérant nous poursuit, je tremble ici pour vous :
» Un esquif nous attend sur la rive prochaine;
» Fuyons! si vous tardez, notre perte est certaine. »
        Elle dit, et soudain, seule guidant ses pas,
Veut entraîner Ulnare où l'attend le trépas,
Aux noirs cachots d'Orsmin... Vain espoir! la Druïde
Repousse avec effroi sa rivale perfide;
Et d'un ton solennel prononce ce discours :
« — Charle est perdu pour moi, que m'importent mes jours!
» Maintenant du malheur que me font les tempêtes!
» Je ne sais où je suis... J'ignore qui vous êtes...
» Mais s'il faut que sans feinte Ulnare ouvre son cœur,
» Etranger! je vous hais, vous me faites horreur. »

        La vierge des forêts, vers la voûte immortelle,
Levoit en ce moment les yeux... Qu'aperçoit–elle!..
Une croix dans les airs, en sillons lumineux,
Semble planer sur elle, et la couvre de feux...
Ulnare croit soudain recouvrer sa puissance;
Son exaltation reprend sa violence :
Vierge incompréhensible, astre mystérieux,

Plus que jamais, Ulnare est la fille des cieux.

Fière de ses forfaits, vainement Léonore
Cherche à saisir Ulnare, à l'entraîner encore :
La Druïde en courroux, s'échappant de ses mains,
« —— Audacieux guerrier! quels seroient tes desseins!
» T'emparer de moi!.. traître! un fol espoir t'égare :
» Nul terrestre pouvoir ne peut rien contre Ulnare.
» Respecte en moi du ciel l'instrument merveilleux!
» La terre m'obéit, sur moi veillent les cieux :
» Mortelle, déité, prophète, ombre, druïde,
» Je suis tout, tu n'es rien... Retire-toi, perfide! »
Elle dit : à ces mots, un rayon lumineux
Jaillit en feux pourprés sur ses traits radieux.
De la magie en vain l'infâme Léonore
Essayant les secrets, croit triompher encore;
De l'élève d'Orsmin l'art magique est vaincu;
Le ciel protège Ulnare... Ulnare a disparu.

Mais, pendant son sommeil, une poudre infernale,
Qui d'égarer les sens a la vertu fatale,
Sur elle fut jetée... Elle a fui, mais, hélas!
Le trouble et la démence accompagnent ses pas.

Sur les bords du Veser, une vapeur lointaine

Alors couvroit les camps, et sous la nue, à peine,
Du matin laissoit poindre un rayon vacillant :
Couché parmi ses preux, et contre un feu mourant,
Guise dormoit... Soudain un léger bruit l'éveilla :
Il se lève... Une voix a frappé son oreille :
Du milieu des brouillards, vers Guise, en ce moment,
Tel qu'un puissant génie, ou qu'un fantôme errant,
A pas mystérieux, seul, un vieillard s'avance :
« — La mort n'a point ravi Charlemagne à la France :
» Lève-toi, chef !.. Le ciel m'a député vers toi;
» Au fort de Clodhérant vole... et sauve ton roi. »
Un éclair a jailli des regards du prophète :
C'est Enulphe !.. Du ciel merveilleux interprète,
Fidèle à sa promesse, au fatal champ d'honneur,
Enulphe n'apparoît qu'aux jours de la douleur.

Déjà brilloit aux cieux l'amante de Céphale,
Lorsque Charle s'éveille... Ulnare, ô nuit fatale !
Ulnare a fui... Grand Dieu! ne peut-il la revoir
Qu'au milieu des périls, et quand meurt tout espoir !..
Hélas! et voudroit-il, à lui-même, barbare,
Redevenir mourant, pour retrouver Ulnare !..

Le son perçant du cor fait retentir les airs...
Charle monte inquiet sur les remparts déserts :

2.   14

Ciel! qu'a-t-il aperçu?.. l'étendard de la France!
O bonheur! à ses pieds l'heureux Guise s'élance.

A Clodhérant, alors, Charle reconnoissant
Fait connoître son nom, sa puissance, et son rang;
Verse sur le vieillard ses faveurs souveraines;
L'attache à sa personne, et termine ses peines.
Clodhérant, transporté, croit renaître au bonheur :
L'amour de la patrie a rajeuni son cœur.
O Clodhérant! bénis l'homme de la victoire;
Tu finiras tes jours sur les bords de la Loire!

Oh! comment exprimer l'allégresse du camp,
De l'amour des soldats témoignage éclatant!
A l'aspect du héros chacun verse des larmes;
On tombe à ses genoux; on veut toucher ses armes;
On se presse... Guerriers, généraux et soldats,
Baisent avec transport la trace de ses pas.
De l'âme des Français la crainte est disparue;
La gloire au milieu d'eux semble redescendue :
Ils ont tout oublié, pertes, chagrins, revers;
Les chemins du bonheur leur paroissent rouverts.
Ils ont repris leur place au temple de mémoire;
Leur prince est auprès d'eux, leur prince est la victoire.
Tels, au camp de Fribourg, éclatèrent depuis
De semblables transports, à l'aspect de Louis,

Quand, des bords du tombeau, renaissant à la vie,
Prince jeune et sans tache, orgueil de la patrie,
Ce monarque entendoit tout un peuple charmé,
L'appeler à grands cris LOUIS LE BIEN-AIMÉ.

FIN DU CHANT VINGT-UNIÈME.

NOTES DU CHANT XXI.

(1)   Sur des patins légers devançant les tempêtes,
         Quelque jour avec nous Uller traversera
         L'heureux fleuve glacé qui mène en Vahalla.

Uller est fils de *Siffa* et beau-fils de Thor, premier né d'Odin. Sur des patins radieux, il devance les aquilons et les éclairs, glisse sur le fleuve de glace, et s'enfonce par des portiques nébuleux dans les palais aériens du Vahalla. (Voyez *l'Edda de* Mallet, *Ossians und sinedi lieder*, in-4. Vienne, 1791.)

(2)   Méritons de Biard l'épitaphe immortelle :
         Il tomba, rit et mourut.

Biard, roi du Nord, composa des chants célèbres, mais qui se sont perdus. Il ne nous reste que son épitaphe, *il tomba, rit et mourut.* (Voyez *Torf, serv. dyn. et reg. dan.*, l. 1, c. VII.)

(3)   .... Scothler chante ces mots.

Un roi de Danemarck eut pour gouverneur le scalde *Scothler*, ou plutôt *Starkotter*. Ce dernier, ayant osé reprocher au prince sa conduite, et ses mœurs qui commençoient à se corrompre', encourut sa disgrâce, et fut chassé du palais. Le scalde banni veut tenter un dernier effort pour sauver son roi de la corruption et du déshonneur ; il se rend la nuit sous les fenêtres du palais. Tout à coup le roi entend les sons d'une harpe ; il prête l'oreille, et ces mots parviennent jusqu'à lui :

« A l'heure où l'indigent, oubliant un moment sa misère, peut
» du moins reposer sur sa couche ses membres fatigués, moi,
» l'ami de ton père, qui ne suis coupable que d'avoir voulu te
» faire chérir la gloire et la vertu, je n'ai plus d'asile... etc... »
      Le roi ne put résister aux chants du scalde ; il courut em-

brasser *Starkotter*, suivit ses conseils , et devint un prince digne
d'éloges.

On voit par ce narré historique que j'ai puisé l'épisode de
Scothler dans les annales antiques du Nord : cependant je n'ai
point donné la traduction exacte du chant assez célèbre de *Starkotter*; je n'en ai donné qu'une imitation. (M. GRABERT l'a traduit avec exactitude en vers italiens.)

(4)   Des mots simples, servis et sans luxe et sans art,
           Sont aux deux voyageurs présentés...

Quelque méchants , quelque mordants que soient les vers de
Voltaire, lorsqu'il peut trouver l'occasion de tourner ses rivaux
en ridicule, on ne les lit pas moins avec plaisir ; et peut-être
même ce sont ceux que préfèrent la plupart des lecteurs. Tels
sont ceux-ci :

> « Fallut dîner ; car, malgré leurs chagrins,
> « Les malheureux ne font point abstinence :
> « En enrageant on fait toujours bombance.
> « Voilà pourquoi tous ces auteurs divins,
> « Ce bon Virgile , et ce bavard Homère,
> « Que tout savant , même en bâillant , révère,
> « Ne manquent point , au milieu des combats,
> « L'occasion de parler d'un repas. »

(5)   Alors le chevalier, surnommé du *Silence*.

Dans les vieux châteaux , à la table hospitalière de nos bons
aïeux, se rencontroient souvent les guerriers les plus mystérieux ;
ils n'étoient connus que par les devises de leurs boucliers; par les
punitions qu'ils s'étoient imposées ; ou par les vœux qu'ils avoient
faits , et auxquels ils ne manquoient jamais. Autour du vieux foyer
des seigneurs châtelains , se réunissoient , tantôt le chevalier du
tombeau , tantôt celui du *silence* , ou ceux de *l'écu blanc* , de la
lance d'or, du *cygne* et de *la mort*. etc. Les fêtes mêmes des châteaux avoient quelque chose d'énigmatique : c'étoit le *festin de la
licorne*, le *vœu du paon* , etc. (Voyez SAINTE-PALAIE , *Mémoire
sur la chevalerie.* — *Histoire du marquis de Boucicault*. —
CHATEAUBRIAND , t. 4 du *Génie du Christ.*)

(6)   *Tu salon de l'ombre des sept tours.*

Nos anciens châteaux, sombres et mystérieux, renfermoient toujours des esprits : il est rare de voir un ancien château, qui n'ait quelque vieille chronique, dans le genre *de l'ombre des sept tours*, et qui ne soit hanté, selon les récits des habitans d'alentour. Presque tous nos vieux châteaux, tapissés de vieilles étoffes, décohoient aux regards, ou des escaliers, ou des passages secrets, ou des trappes : de là tous ces contes absurdes, qui ont donné naissance aux romans à la *Radcliff.*

FIN DES NOTES DU CHANT VINGT-UNIÈME.

CHANT XXII.

Déja Charle en son camp voit les malheurs affreux
Qui, pendant son absence, ont accablé ses preux :
Ogier n'existe plus, Isambard est sans vie (1) ;
La dernière bataille enlève à la patrie
Ses plus chers défenseurs, dont les noms révérés,
Par les pleurs de leur roi sont encor illustrés.

Eloignant ses guerriers, Charlemagne en silence,
Au sein de la prière exhale sa souffrance.
Prière! esprit divin! tendre fille des cieux (2)!
Soutien des cœurs souffrants! charme des cœurs heureux!
Ta mère est la vertu, ta sœur est l'espérance ;
Et toi seule tu sais, colombe d'alliance,
Douce médiatrice auprès de l'Eternel,
Avant l'heure dernière, élever l'âme au ciel.
Là, le bruyant fracas des vents et du tonnerre,
Est silence profond... tandis que de la terre,
Montant seule et sans bruit jusqu'au trône immortel,
Ta voix est tout accords, ta voix ouvre le ciel.

Un député romain à Charle se présente :

Il porte du pontife une lettre importante ;
Charle rompt le cachet, et lit ces mots : — « Grand roi !
» L'Orient aujourd'hui s'est ligué contre toi.
» De ton mépris pour elle, Irène courroucée*,
» Arme ses légions... et de loin, l'insensée
» Jette sur l'Occident un œil ambitieux.

   » Au camp de Vitikind, ses bataillons nombreux,
» Sur les champs du Veser déjà doivent s'étendre :
» Le sort du monde entier d'un combat va dépendre.
» Ce combat va détruire ou fonder à jamais,
» Et l'empire romain, et l'empire français.

   » Si Charle est repoussé, l'ambitieuse Irène (3)
» Envahit l'Occident qu'à son joug elle enchaîne ;
» Et le Nord peut offrir à l'univers surpris,
» Les Romains dégradés, et les Francs avilis.
» Mais si Charle triomphe ; Irène sans armée,
» Tremblante sur son trône, et partout diffamée (4),
» N'a plus qu'à fuir Byzance, ou qu'à chercher la mort,
» Et la pourpre romaine est au vainqueur du Nord (5).

   » Oui, ce dernier combat, Charle ! va dans l'histoire,
» Déterminer enfin et ton rang et ta gloire.
» De tant de souverains liguée contre un seul roi,
» Triomphe ; et des Césars l'héritage est à toi. »

---

* Charlemagne avoit refusé sa main qu'elle lui offroit avec son trône. (Voy. Eginh., *in Vitâ Car. Mag.*)

Aux ennemis de Charle, en effet, du Bosphore,
Vingt nouveaux bataillons viennent se joindre encore.
Quel grand jour se prépare!.. ô monarque français!
La pourpre impériale est le prix du succès.

Des Sarrasins l'armée, inquiète, incertaine,
Attend, et n'ose encor marcher vers l'Aquitaine.
Contre Charle vaincu tout se déchaînera;
Devant Charle vainqueur tout se prosternera.

Trois jours s'étoient passés : Charle aux combats s'apprête;
L'air retentit au loin des sons de la trompette.
Au milieu de la plaine, entou. é de ses preux,
Le monarque applaudit à leurs transports fougueux :
Depuis long-temps ce prince, arbitre de la gloire,
En permettant l'attaque, ordonna la victoire.

D'un combat décisif, vivement désiré,
Charle a fixé le jour, trop long-temps différé;
Quand, la veille, il apprend qu'une horde sauvage,
Traversant le Veser, a, non loin du rivage,
Surpris un corps d'armée, et que par l'ennemi
Ce corps presque défait, est au loin poursuivi.
A son secours il vole : une troupe intrépide,
A travers la forêt suit le chef qui la guide :
Par un chemin direct, jusqu'alors inconnu,
Charle abrège sa route, et sans être aperçu,

Au milieu des Saxons se jette à l'improviste.
Des assaillants troublés la foule en vain résiste :
L'aspect seul du monarque a glacé tous les cœurs,
Rallié les fuyards, et défait les vainqueurs.
Le prince a triomphé... quand le dieu de l'abîme,
Vient tendre un nouveau piége au héros magnanime :
Dans les rangs ennemis, sous les traits d'un guerrier,
Il s'avance vers Charle, et l'osant défier :
« — Du sort des nations que ce moment décide !
» Charle ! ose me combattre ! » Il dit : et le perfide
Soulève sa visière, et découvre à ses yeux,
Du vaillant Vitikind le front audacieux.
Sur lui Charle trompé fond terrible, le presse,
Le frappe, le poursuit, fend son casque et le blesse.
O surprise ! à l'aspect de son sang ruisselant,
Le faux Vitikind fuit, et d'un pas chancelant,
Dans la forêt s'enfonce... Etonné, Charlemagne,
Fier d'avoir triomphé du chef de l'Allemagne,
Le poursuit, et déjà le croit son prisonnier :
Mais à peine atteint-il, touche-t-il le guerrier,
Qu'il semble avoir repris une force nouvelle,
Et fuir plus vite encor... puis il foiblit, chancelle,
Paroît près de se rendre; et le vainqueur trompé,
Sur la bruyère aride, et le roc escarpé,
Plus ardent que jamais, poursuit une ombre vaine.
Jusqu'au Veser ainsi son faux rival l'entraîne,

Loin de sa troupe, et seul sur un bord étranger.

    Sur la rive du fleuve est un esquif léger;

Le vent enfle sa voile; un seul mince cordage,

Autour d'un if passé, le retient au rivage.

Le roi saxon s'y jette, et par l'onde arrêté,

Là, seul et sans secours, il tombe ensanglanté,

Trop foible pour couper la corde de la barque.

    Aussitôt des Français l'impétueux monarque,

Près de saisir captif son rival abattu,

Vers la barque s'élance... Insensé! que fais-tu?

Là ta mort est certaine; un dieu d'enfer te guide.

Déjà Charle est au bord du fleuve... Un trait rapide,

Soudain lancé d'un roc, fend les airs en sifflant,

Rase le bouclier du monarque imprudent,

Et devant ses regards, vient couper le cordage

Qui retenoit encor la nacelle au rivage.

    Loin de Charle à l'instant la barque fend les flots :

Dans sa voile les vents soufflent... Et le héros,

Par un miracle encor a conservé la vie.

D'Irmensul déjoué qui peindroit la furie!..

Il pousse un cri de rage, et loin de la forêt,

Le monstre dans les airs s'élève et disparoît.

    Charle alors reconnoît qu'en un piége perfide,

A la mort l'attiroit un fantôme homicide :

Sa tombe alloit s'ouvrir... Mais quel Dieu protecteur,

L'arrêtant malgré lui, lança le trait sauveur?
Son œil cherche... Soudain, sur la rive isolée,
S'offre au sommet d'un roc une femme voilée :
Du ciel vers lui seroit-ce un ange descendu?
Elle est seule... A ses pieds est un arc détendu;
Ses cheveux sont épars; son regard est tranquille :
Sa robe simple est blanche, et son corps immobile.
Charle approche... Grand Dieu ! quelle plaintive voix,
Quels sons quel air connu, viennent charmer ces bois!
O Charle!.. quels moments ce doux chant te rappelle!..

. . . .

    « Ah! par l'art de Thétis, que ne puis-je, immortelle,
      » Sous mille formes m'embellir!..
      » Noble guerrier! loin de te fuir,
      » Ulnare, en ce bois solitaire,
      » Les prendroit toutes pour te plaire...
      » . . . . »

    Mais sur un ton plaintif se traîne avec effort,
Ce chant jadis d'amour, aujourd'hui chant de mort.
Charle a gravi le roc, s'élance vers Ulnare,
Déjà tombe à ses pieds, de ses deux mains s'empare;
Mais son bonheur est court... Ulnare jette un cri,
Ne le reconnoît point, et s'éloigne de lui.
O malheur ! ô surprise horrible, inattendue!

D'Ulnare la raison est tout-à-fait perdue.

Soudain elle se lève, et d'un œil inquiet,

« — Etranger, lui dit-elle, ici, dans la forêt,

» Tout à l'heure un vautour poursuivoit sous la nue,

» Un ramier voyageur... Tous les deux à ma vue,

» Ont abaissé leur vol jusque sur ce bateau :

» L'onde alloit du ramier devenir le tombeau...

» Le vautour triomphoit... lorsque sur le perfide

» J'ai dirigé ma flèche... hélas! d'un vol rapide

» L'oiseau de proie a fui : mais, ô, dis-moi, guerrier!

» Qu'est alors devenu mon malheureux ramier ? »

Charlemagne à ces mots, l'œil fixé sur Ulnare :

« — O vierge des forêts! quel trouble affreux t'égare!

» Si je te devois moins, croirois-je que c'est toi!..

» Ulnare! ce ramier... c'étoit Charle, c'est moi.

» Etrange destinée! amour, raison, folie,

» Eh quoi donc! tout en toi doit me sauver la vie!

» — Que me veux-tu? répond Ulnare : en ces déserts,

» Ne suis-je donc plus seule au sein de l'univers?

» T'a-t-on dit qui je suis? sais-tu qui je peux être?

» Ecoute, je veux bien me faire encor connoître :

» J'étois reine de France; et mon puissant regard

» Etoit jadis PARTOUT, et n'est plus NULLE PART.

» Mais tu pleures... Approche; oh! que j'aime tes larmes!

» Guerrier! déjà ta vue a pour moi mille charmes :

» Oui, tu ressembles même à mon ancien ami.

» Je sais tout : Léonore en preux l'avoit suivi...

» Reste ; il faut qu'un instant de moi je t'entretienne :

» Charle étoit né chrétien, Ulnare étoit païenne ;

» Contre leur union le ciel parut s'armer.

» Que les dieux sont cruels !.. ils empêchent d'aimer !

   » Aimes-tu ?.. Comme lui, tu gardes le silence :

» Imite-le, c'est bien. Connois-tu ma puissance ?

» Reine du météore, ou déité des flots,

» Je brise les poignards, j'anime les tombeaux...

   » Mais où vit aujourd'hui l'homme de la fortune ?..

» En quel monde ?.. Glissant sur un rayon de lune,

» Si je savois l'oiseau qu'il préfère le plus,

» J'y volerois... Mais non ; ces plans sont mal conçus ;

» Car enfin, s'il m'aimoit dans ma forme nouvelle,

» Sous mes yeux, à moi-même, il seroit infidèle. »

   L'air retentit alors de ses tristes accents :

Charle..., *Ulnare...* Ces mots composent seuls ses chants.

Bientôt sa voix s'éteint ; mais, nymphe désolée,

Echo répète encor ces noms à la vallée.

   Sur la rive cueillant quelques fleurs d'églantier,

La vierge des forêts les présente au guerrier.

« — De l'amitié, dit-elle, accepte un dernier gage ;

» Je vais partir bientôt pour un très-long voyage...

» J'entends chanter... Ecoute ! oh ! la charmante voix !

» C'est la sienne... Il répond pour la première fois...

» Au bord de l'eau... là-bas... vois-tu cette nacelle?
» C'est là qu'il a péri... c'est de là qu'il m'appelle...
» C'est là qu'hier encor il me prit dans ses bras :
« Nous suivions cette route... elle mène au trépas...
» Qu'est-ce donc que la mort? il faut que je le sache :
» Toujours à mes regards la rebelle se cache ;
» Et, dans un sens contraire, imitant mon grand art,
» Elle est, comme j'étois, PARTOUT et NULLE PART. »
   Un sourire, à ces mots, comme un éclair céleste,
Perce de sa douleur le nuage funeste :
Tel on voit, au milieu d'une noire vapeur,
A la fin d'un orage, où régna la terreur,
Un rayon de soleil, soudain traversant l'ombre,
Glisser sa clarté pure au sein d'une nuit sombre :
   Ou telle on voit aussi, sur ces funèbres bords
Qu'habitent la douleur, le silence, et les morts,
Déserts où la nature elle-même succombe,
Une rose en bouton fleurir sur une tombe.

« — Eh quoi! s'est écrié le monarque français,
» Ulnare, je t'appelle, et tu me méconnois !..
» Je suis Charle... — Qui? toi! non : ton esprit s'égare :
» Il expira, te dis-je, hier... aux pieds d'Ulnare.
» Hélas! ce coup affreux m'eût déjà fait mourir,
» Si j'eusse été mortelle. » Après un long soupir,
D'un ton mystérieux, elle ajoute à voix basse :

« — Paladin ! sur ce chêne est-il assez d'espace ?..

» Puis je écrire deux mots ?.. Du céleste séjour,

» Charle liroit encor quelques lignes d'amour.

» Nous causerions ainsi des feux les plus sincères,

» Lui, du palais des dieux, moi du val des misères.

   » Mais le gui peut servir à ce projet nouveau...

» Du gui mystérieux va couper un rameau...

» Que dis-je ? non : ta main troubleroit le mystère ;

» Et les manes de Charle... Arrête, téméraire ! »

   Alors, montrant du doigt un groupe de cyprès,

Une sinistre horreur se répand sur ses traits :

« — Grands dieux ! s'écrie Ulnare, éloignez ce fantôme !

» Cet énorme géant, né d'abord foible atome :

» C'est Léonore !.. ô ciel ! vois ses affreux desseins !

» Plein d'un poison sanglant un vase est dans ses mains...

   » Le ciel s'est rembruni des teintes les plus sombres :

» Allons ! voici l'instant où j'évoque les ombres.

» Manes de mes aïeux ! druïdes révérés !

   » Sortez de vos tombeaux ! sur ce rivage errez !

» Pâle flambeau des nuits, Phœbé, reine immortelle !

» La nature t'attend, ta prêtresse t'appelle.

» Fantômes, levez-vous ! mon œil, en ces forêts,

» Veut parmi vous revoir le héros des Français.

» Ah ! pour combler mes vœux, sur un léger nuage,

» Barde ami des Gaulois, descends-moi son image !.. »

Puis, se tournant vers Charle : — « Oh ! regarde ! à la fois

» Que d'ombres sur la rive accourent à ma voix!

» Charle, hélas! Charle seul, tarde bien à paroître :

» Seul il reste en sa tombe... Il m'y pleure peut-être...

  » Sais-tu, noble étranger! qu'heureux triomphateur,

» D'un colossal empire il fut le fondateur?

» Peut-être croiras-tu qu'Ulnare sur la terre

» Fut indigne de lui? Non : quand sa voix guerrière

» De l'univers entier sembloit fixer le sort,

» Au rocher des Césars, capitole du Nord,

» Qui lui prophétisa la pourpre impériale?..

» Quel glaive reçut-il sous l'arche triomphale?..

» Quel bouclier divin couvrit ce chef des rois?..

» Aux éléments vaincus qui sut dicter des lois?..

» Suis-moi; je puis encor te montrer ma puissance. »

  Conduisant, à ces mots, le héros de la France

Au sommet du rocher, sur le fleuve elle étend

Une baguette d'or... O surprise! à l'instant,

Des cieux un rayon pur darde ses feux sur elle :

Reine des éléments, puissance universelle,

La Druïde commande... et, soumise à ses lois,

La nature docile obéit à sa voix.

« — Guerrier! s'écrie Ulnare, à tes yeux, de la France

» Vont briller les beaux jours de gloire et de vaillance.

» De trois âges futurs vois le tableau divin ! »

  Elle dit : son œil jette un éclat surhumain :

La vierge des forêts, guerrière ou prophétesse,

2.   15

Divinité du fleuve, ombre, nymphe, ou prêtresse,
Est toujours, et partout, esprit surnaturel,
La merveille du monde, et la fille du ciel.

Du fleuve et des marais, à sa voix, sur ces plages,
S'élèvent les vapeurs en magiques nuages :
Sous cet humide voile, à l'instant même, ont fui
Les déserts, la forêt, et le fleuve ennemi.
L'œil du jour, se glissant sous d'aériens portiques,
Dore de ses rayons des palais fantastiques.
Le brouillard, qui s'engouffre en flots tumultueux,
Sous des toits transparents, et des arcs nébuleux,
Prend aux feux du soleil des couleurs éclatantes,
Des formes et des traits. Ces vapeurs rayonnantes
Présentent, ô prodige ! en trois corps séparés,
Trois générations de héros illustrés ;
Trois règnes, dont la France enrichira l'histoire ;
Trois âges de valeur, trois époques de gloire.

Le premier corps paroît : ses pieux chevaliers
Suspendent aux autels leurs fers armoiriés :
De l'apôtre martyr l'oriflamme éclatante
Les guide... Sur leurs cœurs est une croix sanglante,
Symbole de leur vœu : leurs fronts brillent couverts
Des palmes du Jourdain, du laurier des déserts.
L'écharpe que broda l'aiguille d'une amante,

Suspend à leur côté cette arme triomphante,
Ce glaive rédempteur, qui jadis, renversant
Antioche, l'orgueil et l'espoir du Croissant,
Conquit Jérusalem, et sur le mont Calvaire,
Ouvrit le saint sépulcre aux chrétiens de la terre.

Mais revenus des camps, ces redoutables preux
De l'amour ne sont plus que les servants heureux!
Fêtez, beaux troubadours! muses de la Provence!
La gloire et la beauté, l'amour et la vaillance!
Sous les créneaux altiers du manoir féodal,
Sans pitié, preux courtois! frappe tout déloyal!
Et toi! chante à jamais, ô lyre du génie!
L'âge heureux, les beaux jours de la chevalerie!

Le second corps paroît : un prince valeureux
Au triomphe a conduit l'élite de ses preux :
Leurs feutres sont ornés de cent plumes brillantes :
Menaçante parure, en boucles ondoyantes,
Leurs longs cheveux tombants flottent au gré des airs,
Tels que les crins épars du lion des déserts.
Leurs coursiers belliqueux, qu'un feu brûlant dévore,
Trempés des eaux du Rhin, marchent fumants encore.
La victoire fidèle a du héros français
Reculé la frontière, et fixé les sujets.

O merveille! pour lui les arts semblent éclore :
De l'éclat du midi tous brillent dès l'aurore :

15.

Ils versent dans Paris leurs présents merveilleux ;
Prodiguent leurs faveurs au favori des cieux ;
Et, couronnant son front au temple de mémoire,
Joignent leur feu céleste au brasier de sa gloire.

Dieu ! quels palais divins, quels jardins enchantés,
D'une immortelle cour rassemblent les beautés !
La toile est animée, et le marbre respire.
Là, d'Apollon lui-même a résonné la lyre.
Chassant l'ombre des nuits, des feux resplendissants
Y remplacent l'aurore, et l'onde, à flots brillants,
Du milieu des bosquets, vers les cieux jaillissante,
En perles de saphir retombe étincelante.

Entouré des drapeaux qu'il ravit au Germain,
Là, d'un nouvel Olympe auguste souverain,
Louis, fier de son peuple, et cher à la victoire,
Des grands hommes du siècle orne son char de gloire ;
Et, s'appuyant sur eux, brillant de majesté,
Apparoît immortel à la postérité.

Mais quels astres nouveaux, du milieu des alarmes,
Sur des débris sanglants, sur une mer de larmes,
Demi-dieux inconnus, se lèvent radieux ?..
Charle ! le dernier corps apparoît à tes yeux.

D'un peuple de héros partout la foudre gronde ;
Météore brûlant, il traverse le monde :
Les rois sont ses vassaux, les peuples ses sujets ;

Il a pu tout oser, pour lui tout est succès;
Et ce volcan fumeux, au fracas du tonnerre,
De sa lave sanglante a revêtu la terre.

Quels efforts inouïs! quels combats merveilleux!
Eh quoi! les voilà donc ces conquérants fameux
Qui soumettront un jour l'Egypte, l'Italie,
Rome, Berlin, Madrid, et Vienne, et Varsovie!
Leur audace est sans borne, et leurs exploits sans fin :
Sur le Nil et l'Oder, l'Ebre et le Niémen,
Voguent, ceints de lauriers, les fils de la victoire.
Mais quelle voix s'élève et chante ainsi leur gloire!..
« — O France! l'univers s'est courbé sous ta loi!
» La terre n'a qu'un peuple, et l'Europe qu'un roi.
» Tombez, noms éclipsés de Rome et de la Grèce!
» Le temple de la gloire est l'antique Lutèce.
» Il n'est plus de succès nouveaux à moissonner;
» Il n'est plus de grands noms qui puissent étonner :
» Lisez, vous qui cherchez des prodiges de gloire,
» Les fastes du grand siècle... et refermez l'histoire. »

Charlemagne à l'instant voit des antres du Nord,
Des cendres de Moscou, la terreur et la mort
Foudre sur les héros, dont l'imprudent courage,
Du démon des hivers ose éveiller la rage.
L'aquilon a mugi... Les magiques vapeurs
Qu'admiroit Charlemagne, ont perdu leurs couleurs:

L'armée a disparu... Sur ces grandes images
A soufflé furieux l'ouragan des orages :
Le prestige brillant s'évapore dans l'air ;
Charle n'aperçoit plus que les bords du Veser,
Les rochers, les marais, la forêt ennemie,
Et non loin sur le roc, Ulnare évanouie.

Charle a couru vers elle : en ses bras tendrement
Il l'enlève, la presse, et du rocher descend.
Non loin de cette rive est un hameau paisible :
Là reste un corps français ; le monarque sensible
Y dirige ses pas, y retrouve ses preux.
Pâle et sans mouvement, Ulnare au milieu d'eux,
Mourante, est transportée au fond d'une chaumière ;
Le prince la confie aux soins d'une bergère :
Pour préserver ses jours de tout péril nouveau,
Un bataillon français entoure le hameau.
Puis au champ des lauriers Charlemagne s'élance :
L'ange exterminateur le guide et le devance.
Vitikind, rois du Nord, peuples germains, tremblez !
Charle vole aux combats... Vos destins sont réglés.

Ulnare cependant, sous son abri modeste,
Entr'ouvre sa paupière à la clarté céleste :
Un souvenir confus vient redoubler ses maux ;

Et sa voix languissante a prononcé ces mots :

« — Approche par pitié! dis-moi, bonne bergère,

» Où suis-je? que veux-tu? quelle est cette chaumière?

» Qu'est devenu celui... qui lui ressembloit tant?..

» Je voudrois lui parler : que fait-il maintenant?

» Va le chercher... dis-lui qu'Ulnare veut l'entendre;

» Il viendra, j'en suis sûre, il est sensible et tendre :

» Avant d'avoir vu Charle, il m'auroit pu charmer...

» Hélas! il est trop tard... Je ne puis plus aimer. »

Elle dit : sur ses traits erre l'inquiétude;

De ses esprits troublés la vague incertitude

Semble chercher un but, un refuge, un appui;

Mais avec la raison, hors l'amour, tout a fui.

Non loin de la chaumière, au fond de la campagne,

Dans les flancs caverneux d'une aride montagne,

Une grotte profonde, effroi des criminels,

Arbitre des destins, et juge des mortels,

La grotte de l'épreuve, au milieu des ténèbres,

Enfonce dans le roc ses mystères funèbres.

Soupçonné d'un forfait, c'est là que le guerrier,

Nu, sur des fers tranchants, roule sans bouclier,

Prouvant à tous les yeux son innocence entière,

Quand, dans l'antre, son sang ne rougit point la terre.

Dans l'eau bouillante, ici, l'accusé se plongeant,

En sort héros, ou monstre, ou mort, ou triomphant.
Là, par le feu rougi, le bronze redoutable
Épargne l'innocent, et brûle le coupable;
Enfin l'air, le feu, l'eau, tout en ce lieu d'horreur
Est épreuve et supplice, est torture et terreur.

    A grands cris évoquant les mânes infernales,
Brandissant en ses mains des torches sépulcrales,
La magicienne Ildhère, en cet antre sacré,
Aux épreuves préside, et juge révéré,
Seule absout les vertus, ou condamne les crimes.

    Son sourire bizarre insulte à ses victimes :
Un large baudrier suspend à son côté
La baguette d'or pur, et le sac redouté
Des philtres, des poisons et des armes magiques.
Tressés en longs serpents, ses cheveux prophétiques,
Tombants ou redressés, environnent son front
Qu'enveloppe sans cesse une noire toison.
Longs, étoilés, et bleus, ses vêtements sur elle
Se drapent à longs plis; et, Gorgone nouvelle,
Sa voix est la terreur, son regard le trépas.

    Quelquefois néanmoins le bienfait suit ses pas :
Souvent, loin de sa grotte, Ildhère inattendue,
Pour le bien des mortels apparoît à leur vue :
Le malade, expirant sur le lit des douleurs,
Dut souvent l'existence à ses philtres sauveurs :

Mais aussi, quelquefois, par l'enfer inspirée,
L'horrible Pythonisse, à ses fureurs livrée,
Vient à l'infortuné, délaissé par le sort,
Porter le désespoir, l'épouvante, et la mort.

A quelques pas d'Ulnare, aux yeux de la bergère,
De vapeurs entourée, au fond de la chaumière,
La Pythie apparoît... un vase est dans sa main.
« — Bergère! lève-toi! prends ce philtre divin!
» Préparé pour Ulnare, il doit sauver sa vie,
» Lui rendre le bonheur, et guérir sa folie.
» Aux volontés des dieux obéis promptement!
» Sinon tremble! » Elle dit, et s'éloigne à l'instant.
Immobile, à genoux, la tremblante bergère,
Long-temps suit des regards la trop célèbre Ildhère;
Puis relève son front, en bénissant les cieux,
A la hâte saisit le vase précieux,
Et bientôt la liqueur, salutaire ou perfide,
A coulé dans le sein de la belle Druïde.

Ulnare tombe alors dans un profond sommeil;
Mais de son cœur ce jour verra l'heureux réveil.
En songe, à ses regards, de la voûte immortelle,
Un jeune et bel archange est descendu vers elle.
« — Ulnare, lui dit-il, vers les cieux, aujourd'hui,

» Lève un regard plus pur, ton Dieu t'appelle à lui.

» Druïde! abjure enfin ta croyance funeste!

» Sors des nuits de l'enfer, et fixe un jour céleste! »

La vierge des forêts jusqu'au fond de son cœur

Sent tarir, à ces mots, l'océan de l'erreur :

Déjà brille à ses yeux une nouvelle flamme,

Et la grâce en torrents a coulé dans son âme.

Soudain s'ouvrent les cieux... Au fond d'un ciel plus pur,

D'éléments inconnus, sur une mer d'azur,

Se forme un nouveau monde, une terre enchantée :

Dans ce jardin céleste Ulnare transportée,

Des mains du Créateur voit sortir radieux

Les deux premiers humains... Mais, ô douleur! tous deux

Ont trahi leur devoir, ont perdu l'innocence ;

Avec le genre humain l'enfer fait alliance.

Dieu proscrit les mortels... Mais, ô bonté des cieux!

Pour les sauver, lui-même un jour mourra pour eux.

Il a lui ce grand jour... Quel astre sur la terre,

O vierge des forêts! darde au loin sa lumière!

Le jour du salut brille à ton œil étonné ;

La mort ne règne plus, le Rédempteur est né.

Pour sauver les humains, il s'en rend la victime,

Il va rouvrir le ciel, il va fermer l'abîme :

Dieu, se faisant mortel, des mortels fait des dieux.

Ulnare! sur la croix monte le fils des cieux...
Mais, versant des vertus la semence féconde,
Là, son dernier soupir est le salut du monde.

Ulnare voit alors se refermer les cieux;
L'archange rayonnant disparoît à ses yeux :
Elle tombe à genoux, et tremblante s'écrie :
« — Quel nouveau jour se montre à mon âme ravie!
» Toi que j'ai méconnu, pardonne, Dieu puissant!
» Que désormais mon cœur soit ton temple vivant!
» Je t'adore... Et déjà, si d'un amour extrême
» T'aimer est la vertu, mon cœur est elle-même. »
Elle dit, et s'éveille : ô bonheur mérité!
La raison brille en elle avec la vérité :
Loin d'elle ont déjà fui la terreur et la peine;
Dieu seul règne en son cœur... La Druïde est chrétienne;
Et tombant à genoux, bénissant son réveil,
Elle répète encor l'oraison du sommeil.

De Charle tout à coup, de son amant fidèle,
Le nom toujours chéri se prononce auprès d'elle :
La foudre auroit produit moins d'effet que ce nom.
Avec le souvenir renaît la passion :
Deux amours différents d'Ulnare agitent l'âme;
Un feu divin combat une terrestre flamme;
Et de ses sentiments, troublés, irrésolus,

Le conflit incertain est un choc de vertus.

Mais l'Esprit saint l'inspire : éloignant la bergère,
La vierge des forêts, qu'un nouveau jour éclaire,
Echappant aux regards du peuple et des soldats,
Disparoît... Dieu sans doute aura guidé ses pas.

FIN DU CHANT VINGT-DEUXIÈME.

NOTE DU CHANT XXII.

(1) *Ogier n'existe plus...*

Ogier le Danois, tant célébré par les romanciers, rendit de grands services à Charlemagne, et lui sauva la vie, dit-on, au milieu d'un combat. Plusieurs auteurs lui font finir ses jours dans un couvent de moines; j'ai mieux aimé lui donner une fin plus analogue à son nom et à sa vie.

(2) *Prière! esprit divin! tendre fille des cieux!*
Soutien des cœurs souffrants, charme des cœurs heureux!

Malheur à qui décrit après Homère: on connoît de ce sublime auteur la description tant vantée des prières, filles boiteuses de Jupiter; j'en vais donner la meilleure traduction qui en ait été faite.

> « Filles de Jupiter, les modestes prières,
> » Plaintives, et baisant leurs humides paupières,
> » La front couvert de deuil, marchent en chancelant:
> » Elles suivant de l'œil, d'un pied foible et tremblant,
> » L'injure au front superbe, à la marche rapide:
> » L'une frappe et détruit dans sa course homicide;
> » Les autres, à leur suite, amenant les bienfaits,
> » Arrivent pour guérir tous les maux qu'elle a faits.
> » Heureux qui les accueille! heureux qui les honore!
> » Il en est écouté quand sa voix les implore:
> » Si l'orgueil les rebute, aux pieds du roi des dieux
> » Elles vont accuser les mépris odieux:
> » Et demandent de lui que l'orgueil inflexible
> » S'attache sur les pas du mortel insensible. »

Placer ainsi mes vers en comparaison avec cette charmante description, c'est mettre tout amour-propre à part; car se trouver en concurrence avec Homère, est ce qu'un auteur doit éviter le plus. La différence des siècles a nécessité une différence de description sur la prière : dans mon poëme , les prières qui transportent l'âme dans le ciel, rappellent ces mots sublimes de Tertullien. — Quand l'âme est dans le ciel, le corps ne sent plus ses douleurs ; elle emporte avec soi tout l'homme.

(3)   Si Charle est repoussé, l'ambitieuse Irène
           Envahit l'Occident...

« Jamais Charlemagne n'avoit eu à combattre une armée aussi
» grande que celle qui , sous le commandement du fils d'Irène,
» d'Adalgise, et du patrice Jean, étoit venue , sur mille vaisseaux,
» lui disputer l'empire des Césars , et menacer les frontières de
» la France. » (Marchangy, *Gaule Poétique* , t. III.)

Theveneau, dans son plan de poëme sur Charlemagne , fait arriver les vaisseaux triomphants du fils d'Irène, jusque sous les remparts de Rome, qu'il prend d'assaut. Constantin fait prisonnier le Saint-Pontife, et lui ordonne de le sacrer empereur : le pape résiste , et Charlemagne , sur ces entrefaites , vient disputer au chef de l'Orient le sceptre des Césars, sous les murs de Rome même.

(4)   Tremblante sur son trône, et partout diffamée.

On sait qu'Irène , qui n'avoit pu réussir , ni à épouser Charlemagne , ni à balancer sa puissance, fut détrônée , et remplacée par *Nicéphore*.

(5)   Et la pourpre romaine est au vainqueur du Nord.

J'ai déjà raconté, dans la note 13 du chant Ier, de quelle manière Charles fut sacré empereur d'Occident. La cour de Constantinople , qui lui disputoit ce titre , avoit réuni tous ses efforts pour l'emporter sur lui : elle échoua dans ses entreprises ; et même , ne pouvant empêcher le couronnement de Charle , lui offrit par un hymen de joindre l'empire d'Orient à celui d'Occident : Eginhard assure que Charlemagne refusa cette alliance.

FIN DES NOTES DU CHANT VINGT-DEUXIÈME.

CHANT XXIII.

Par les heures conduit, des cieux l'astre éclatant,
Dans des plaines d'azur voyageoit lentement,
Et sembloit contempler, de la voûte éternelle,
Les héros belliqueux de l'armée immortelle.
Déjà le champ d'honneur se couvre de soldats;
Mille instruments guerriers préludent aux combats :
Tout s'ébranle et s'émeut; tout s'agite et s'enflamme :
L'ordre est l'art des Français, et l'audace en est l'âme.
    O Charle! quel grand jour!.. Si ce bord est soumis,
C'en est fait, des Césars le sceptre t'est remis;
Et le vainqueur du Nord, qu'ainsi le ciel seconde,
Empereur d'Occident, est le maître du monde.

    De son camp retranché, le monarque français,
Par un signal d'attaque, ordonne les succès.
Cent escadrons pressés, sur le champ de bataille,
Derrière l'avant-garde, en vivante muraille,
Maintiennent le soldat au poste de l'honneur :
De la nécessité naît encor la valeur.
« — Guerriers! dit le héros, que ce jour de vaillance
» Soit à jamais la gloire et l'orgueil de la France!

» Marchons! Vous conduisant à l'immortalité,
» J'ai légué vos grands noms à la postérité.
 » Dieu lève en ce moment sa céleste balance ;
» D'une part est le monde, et de l'autre est la France ;
» Quels que soient nos destins, triomphes ou revers,
» Gloire au pays qui, seul, lutte avec l'univers ! »

 Un aigle en ce moment au haut du camp s'arrête ;
Son bec tient un laurier... Sur le prince il le jette :
Tel on dit qu'autrefois, dans le camp de Sylla (1),
Un vent doux et léger tout à coup s'éleva,
Qui, dérobant au loin les trésors des prairies,
Couronna les Romains de guirlandes fleuries.

 Le premier sur la plaine engageant les combats,
Bozon sort d'Héristal, sa troupe suit ses pas.
Tout a fui devant eux comme au feu fond la cire.
Profitant avec art de l'effroi qu'il inspire,
Bozon vole, atteint, frappe, et l'ennemi tremblant
Semble avoir disparu sous son bras foudroyant.
Son aspect seul détruit ; sa voix est le tonnerre :
Tel on vit Josué, qu'armoit un Dieu sévère,
Franchir, au son bruyant des instruments guerriers,
Les murs de Jéricho, s'écroulant à ses pieds.

 Alors du roi des Huns une manœuvre habile

De Charle avoit tourné l'aile gauche immobile * :
Vers l'Est, le mont Cramer de Mondragant aux preux
A dérobé la marche... il fond soudain sur eux ;
Et dispersant leur troupe, ardent, infatigable,
Sur des monceaux de morts s'élève invulnérable.
Tristan, chef de ces preux, court au géant hautain ;
L'attaque ; Mondragant s'éloigne avec dédain.
Tristan le suit ; le Hun se retourne, et lui crie :
« — Extravagant Pygmée ! à t'arracher la vie
» Tu me forces ; meurs donc : de son palais d'azur
» L'aigle a fondu parfois sur le reptile impur. »

Il dit, lève son glaive, et vers la sombre rive
Du malheureux Tristan l'âme s'enfuit plaintive.
Rien n'arrête du Hun les pas audacieux ;
La foudre est dans sa main, l'enfer est dans ses yeux :
Tel, de ses noirs fourneaux, en laves foudroyantes,
L'Etna vomit au loin ses entrailles brûlantes ;
Et, sans trouver d'obstacle en son cours destructeur,
Élève avec orgueil sa magnifique horreur.

Guise a vu de Tristan fuir la troupe alarmée :
Appelant Angilbert : — « Prends dans mon corps d'armée,
» Cent guerriers résolus, dit-il, et de Tristan
» Cours rallier les preux. » Angilbert, à l'instant,
Au premier bataillon se présente, et s'écrie :

* Pour bien suivre ce combat il faut le suivre sur la carte.

« — Au secours de Tristan, sur la rive ennemie,
» Que cent des plus vaillants me suivent! » A ces mots ,
Nul preux ne sort des rangs : un soldat, un héros,
Lui répond : — « Appeler, seigneur, en ce langage,
» Cent des meilleurs soldats, à tous c'est faire outrage :
» Nous nous ressemblons tous : prêts à vaincre ou mourir,
» Nous sommes tous Français, vous n'avez qu'à choisir.* »
    Angilbert, admirant ces sentiments sublimes,
Entre eux, prend au hasard , cent guerriers magnanimes,
Et court, guidant leurs pas, combattre Mondragant.

    Se joignant à Bozon, du côté du couchant,
Olivier et les siens, de l'armée ennemie
Ont tourné l'aile gauche, et, phalange aguerrie,
Poursuivant les Frisons vers le Veser fuyants,
Ont déjà pénétré dans leurs retranchements.
L'imprudent Vitikind, vers ce point qu'il néglige,
N'envoie aucun renfort; et le corps qu'il dirige,
De se rejoindre aux Huns formant le plan hardi,
Se jette tout entier sur le centre ennemi
Qu'il espère en deux parts diviser et combattre.

    La mort a des héros envahi le théâtre :
Une ardente sueur couvre le corps du Franc;

    * Ce trait historique appartient aux temps modernes.

Son fer lance des feux, ses yeux roulent du sang :
Le carnage redouble ; on se frappe, on s'écrase ;
L'armure des guerriers sur eux-mêmes s'embrase :
Un lac de sang se forme, et porte au loin ses bords :
L'épouvante s'assied sur un trône de morts :
Tandis que dans les airs, en cette fatale heure,
La cruauté sourit, et l'humanité pleure.

Tel, dans un incendie, un tourbillon de vent
En longs sillons de flamme étend l'embrasement,
Tel Vitikind partout, au milieu du carnage,
Trace en lignes de sang son dévorant passage.
Darcé meurt sous ses coups, le jeune D'Aubligni
En vain croit le venger ; non loin de son ami,
Vitikind, punissant son audace indiscrète,
Des deux côtés du cou jette en deux parts sa tête.
Tout fuit devant ses pas, ou tombe terrassé ;
Comme on voit, vers la fin d'un automne glacé,
D'un arbre atteint des vents le jaunissant feuillage
S'entasser sur la terre, en tombant par nuage.

Charle, d'un mont voisin, dans ses retranchements,
Observe des Germains les divers mouvements.
De son armée, ô ciel ! déjà le centre plie :
Se peut-il !.. Vers les Francs il vole... il les rallie.
Alors, au champ d'honneur, pêle-mêle entassés,

16.

Et vainqueurs et vaincus expirent terrassés.
L'archange protecteur des héros de la France,
Envoyé du Seigneur, suit Charle, ou le devance ;
Et sur le front du roi fait briller radieux
Le sceau de la victoire, et le reflet des cieux.

　　Mais d'où naît des Saxons l'épouvante soudaine ?..
Le conquérant du Monde a paru sur la plaine :
Sous un faix de lauriers, partout l'heureux vainqueur
S'élance, rayonnant de gloire et de valeur.
Quel brave a repoussé les chefs de l'Allemagne ?
Est-ce un homme, une armée, un Dieu ?.. C'est Charlemagne :
Tel, au sein du chaos d'une profonde nuit,
Sur le sombre horizon un météore luit,
Qui, chassant les vapeurs loin du ciel qu'il colore,
Rend à l'obscurité la clarté de l'aurore.

　　Charlemagne, à son tour, repoussant le Saxon,
Le poursuit jusqu'aux bords où triomphe Bozon.
Alors le roi du Nord connoît son imprudence :
Olivier, sur ses flancs, impétueux s'élance ;
Et les Saxons vaincus, de leurs chefs, de leurs rois,
En désordre fuyants, n'entendent plus la voix.
La cohorte de Charle, à vaincre accoutumée,
Voit les gouffres du fleuve engloutir leur armée :
Des Germains le Veser reçoit les corps sanglants ;
Son lit s'étend comblé de morts et de mourants ;

Et ses rapides flots, arrêtés dans leur course,
D'horreur épouvantés, remontent vers leur source.

Charlemagne poursuit les Grecs et les Lombards.
Toujours cherchant la gloire, et bravant les hasards,
Suivi de quelques preux, le héros de la France
A traversé le fleuve : un Lombard, le fier Blanse,
Couvert par un coteau, lui cachoit ses guerriers :
Sur ces rives le prince aborde un des premiers :
Les paladins français non loin suivent leur maître.
Blanse fond sur le roi, qu'il ne peut méconnoître :
Et Charle environné, tombe en un piége affreux.
O prodige!.. A l'instant son fer mystérieux,
Le glaive des Césars, en sa main foudroyante,
Semble en sceptre enflammé changer sa lame ardente :
Du fer divin jaillie, une gerbe de feux
Couvre les ennemis, cache Charle à leurs yeux,
Puis sur le front du roi se tourne en auréole.

Blanse, d'effroi glacé, veut fuir... Charle l'immole :
De la mort son regard est l'éclair précurseur...
Des assaillants vaincus, qui peindroit la terreur?..
Charle, levant son glaive, est le dieu du tonnerre :
Ils pensent sous leurs pieds sentir trembler la terre;
Et muets, désarmés, éperdus, les Lombards
Sur Charle, avec horreur, fixent leurs yeux hagards :
Tel, on dit qu'autrefois, dans la main de Persée,

La tête de Méduse, aux regards exposée,
Domptoit seule une armée, et, foudre du trépas,
En blocs inanimés transformoit les soldats.

Mais lorsque du Veser Charle a traversé l'onde,
Vitikind, ralliant sa troupe vagabonde,
Resté sur l'autre rive, à gauche se jetant,
A côtoyé le fleuve, et rejoint Mondragant.
Là, près du mont Cramer, ces chefs de l'Allemagne,
A gué traversant l'onde, ont tourné Charlemagne.
Le roi n'a point encor, sur ce bord ennemi,
Rassemblé son armée; Heidelberg fond sur lui;
Mais le glaive sacré frappe à peine sa vue,
Que de sa main s'échappe et tombe sa massue.
Il tressaille... Un frisson, arrêtant ses transports,
Glisse de veine en veine, et parcourt tout son corps.
Le terrible Heidelberg sent la même épouvante
Que ce roi qui jadis vit une main vivante*,
Qu'au haut des airs guidoit un invisible bras,
Ecrire sur ses murs l'arrêt de son trépas.
Le roi slavon a fui... Dieu! qui l'auroit pu croire!..
Sa force l'abandonne... et, ternissant sa gloire,
Il ne lui reste rien, après tant de fureur,
Que le nom de terrible, et sa propre terreur.

* Balthazar. (Voy. DANIEL, ch. V.)

Un dieu combat pour Charle; au milieu de la foule
Il cherche ses rivaux, et dans le sang les roule.
Les Huns et les Saxons alors de toutes parts,
Fondent sur le vainqueur du Slave et des Lombards;
Mondragant le premier vers lui guide sa rage :
Othon et ses deux fils s'offrent sur son passage;
Grand guerrier, tendre père, astrologue savant,
Othon près de ses fils combattoit noblement.
Le monarque des Huns en l'attaquant lui crie :
« — Respectable vieillard! ta famille chérie
» Te coûte trop de soins, te met trop en danger :
» De ce fardeau pesant je viens te décharger. »
Il dit : le jeune Alder, sous les coups du barbare,
Tombe expirant aux pieds de son frère Alvimare.
Alvimare!.. Ah! déjà le glaive du vainqueur
A traversé ton bras, ta cuirasse, et ton cœur!
« — Monstre! s'écrie Othon à cette affreuse image,
» Tigre atroce et perfide! achève ton ouvrage :
» Frappe... tu ne peux plus m'ôter rien aujourd'hui :
» M'enlever mes enfants, c'est m'avoir tout ravi. »
A ses fils malheureux Othon craint de survivre!
Poussant la cruauté jusqu'à le laisser vivre,
Mondragant en ces mots insulte à ses regrets :
« — Astrologue célèbre à la cour des Français!
» Toi qui des temps futurs à ton gré peux m'instruire!
» Ton sort est donc le seul que tu n'as point su lire !

» De tes valeureux fils, ô défenseur savant!

» J'accomplis le destin, prédis-le maintenant.

» Pour conter tes hauts faits, retourne en ta patrie;

» Mon bras n'ose trancher ta glorieuse vie. »

    Mais alors paroît Charle... O trouble! Mondragant

Croit le voir précédé d'un glaive flamboyant :

L'âme du roi des Huns frémit épouvantée.

    Sur le mont Cythéron, tel autrefois Penthée

Voyoit, ou croyoit voir de ses farouches yeux,

Deux Thèbes sur la terre, et deux soleils aux cieux;

Tel Mondragant croit voir, prêts à le mettre en poudre,

Deux célestes guerriers tenant en main la foudre.

    Reprenant toutefois sa force et sa valeur,

De Charle quelque temps il brave la fureur;

Entre les deux guerriers un long combat s'engage :

L'orgueilleux Mondragant, dans sa féroce rage,

Pour mieux porter ses coups, s'expose imprudemment :

C'est vaincre que mourir, s'il immole en mourant.

    Le fer du roi levé sur le front du barbare,

Attaque en même temps, frappe, luit, croise et pare.

« — Toi qui d'un nouveau Dieu, dit Mondragant au roi,

» Veux ici nous forcer à professer la loi,

» Tremble! car si ce Dieu peuple sa cour suprême

» De saints pareils à toi, son ciel est l'enfer même. »

    Soudain un coup mortel interrompt Mondragant :

Surpris d'être vaincu, le colosse un instant
Demeure encor debout... Une sueur soudaine
Couvre son front glacé : convulsive, incertaine,
Il semble que sa main d'un spectre menaçant
Veut repousser l'étreinte... Il tombe en blasphémant ;
Et sur ses traits hideux, à son heure suprême,
L'orgueil et la fureur survivent à lui-même.

Alors de toutes parts on voit fuir les Saxons :
Charlemagne vainqueur poursuit leurs bataillons.
Son casque étincelant, son aigrette ondoyante,
Dardent en longs éclairs leur lueur foudroyante.
Objet d'effroi partout, vainqueur de tout côté,
Son bouclier vomit une mer de clarté.
Sur des champs dévastés, fière de ses victimes,
La mort frappe au hasard les guerriers magnanimes ;
Et Charle, rayonnant d'audace et de succès,
S'empare du triomphe, et l'enchaîne aux Français.

Olivier suit son roi : Nestar, plein d'arrogance,
Veut l'arrêter : — « Guerrier, dont s'honore la France!
» Toi, qu'aux fers Vitikind a déjà su tenir !
» Crois-moi, fuis maintenant, si tu ne veux mourir. »
Mais le preux : — « Insensé! qui crois ternir ma gloire,
» Au tombeau qui t'attend va conter ta victoire! »
Il-dit, lève son glaive, et d'un puissant effort,

Dans le sein de Nestar il enfonce la mort.

Le Veser est franchi : déjà sur chaque rive,
Charle tient sous ses lois la victoire captive.
Bozon, Guise, Angilbert, et leurs soldats vaillants,
Au monarque vainqueur se joignent triomphants.
C'en est fait! des Germains l'espérance est détruite :
Le chef des rois du Nord voit son armée en fuite :
De rage dévoré, sur ces champs désastreux,
Il vole encor, s'écrie : — « Arrêtez, malheureux!
» Quoi! Charle a dissipé votre audace vaillante!
» Ah! je cours renverser cet objet d'épouvante :
» Suivez-moi; sous mes coups venez le voir périr;
» Si je ne puis le vaincre, au moins je puis mourir.
» Mais, que dis-je! Il n'a pas des forces plus qu'humaines,
» Il n'a ni de l'acier ni du fer dans les veines;
» Charle n'a d'autres dieux qui l'aident contre moi,
» Que son heureuse audace, et votre lâche effroi. »
Il dit, et des Saxons ranime l'énergie :
Retenant les fuyards, son seul regard châtie :
Pressant avec vigueur les flancs de son coursier,
Il cherche le héros qu'il ose défier;
Et, préparant son bras au succès qu'il médite,
En nageant dans le sang, au carnage il s'excite.
Maillebois court à lui : — « Téméraire François!
» De vaincre Vitikind t'es-tu flatté jamais!

» Ta dernière heure sonne... » Il dit, et le terrasse.
Maillebois expirant, mais encor plein d'audace,
Lui répond : — « Vitikind, je suis vaincu, je meurs...
» Mais du moins devant toi j'aperçois ton vainqueur. »
A ces mots, le trépas étend sur lui son ombre.
Son accent néanmoins, fier, prophétique et sombre,
Etonne Vitikind, il se retourne... O dieux!
Astre resplendissant, Charle s'offre à ses yeux...
Mais qui peut du Saxon effrayer le courage!
Sur le héros des Francs il s'élance avec rage :
Quand la foudre du ciel semble tonner soudain...
Sa lance par morceaux éclate dans sa main.
Charle, que l'Eternel guide aux champs de la gloire,
Commande à la valeur, commande à la victoire :
Sur son front par le ciel ces mots semblent tracés :
Je combats, rendez-vous; je règne, obéissez.

    Néanmoins des Saxons le monarque indomptable,
Arrachant du fourreau son glaive redoutable,
S'écrie : — » Un dieu cruel, Charle! combat pour toi;
» N'importe : vainement tout s'arme contre moi;
» Il pourra t'en coûter pour m'arracher la vie. »

    Sur Charle à ce discours il fond avec furie :
Son coursier, qu'un éclair jailli du fer du roi
Tout à coup éblouit, se cabre avec effroi;
Mais inutile obstacle : en sa constante audace,
De Charle Vitikind a fendu la cuirasse.

Des plus fameux guerriers jamais le bras vainqueur,
Ne sut à tant d'adresse unir tant de vigueur;
Mille fois répétés, chaque fois plus terribles,
Leurs coups entreprenants tombent irrésistibles.
La victoire incertaine entr'eux semble flotter.
Ne pouvant se saisir, ne pouvant s'éviter,
Sur leurs coursiers couverts d'une sanglante écume,
En efforts impuissants chacun d'eux se consume.
Mais Vitikind s'écrie : — « O Dieu de mon pays!
» Irmensul! si je meurs, tes autels sont détruits :
» Fais-moi vaincre, et j'élève à ta grandeur suprême
» Un temple magnifique, en cette plaine même. »
    Il dit : et l'espérance a doublé sa vigueur.
Aux champs de Tolbiac, ainsi dans sa douleur,
Clovis, voyant les Francs près de rendre les armes,
Crioit, levant au ciel ses yeux baignés de larmes :
« — Dieu de Clotilde! O Dieu dont j'ignore la loi!
» Fais triompher Clovis, et Clovis est à toi! »
    A l'aspect des deux chefs combattant sur ces plaines,
Les bataillons français, les cohortes germaines
Suspendent leurs combats... Seule, une lutte à mort,
Semble du monde entier devoir régler le sort.
    Les deux rois ennemis, en leurs fureurs extrêmes,
Espèrent tout du ciel, espèrent tout d'eux-mêmes;
Mais le chef des Saxons s'affoiblit... Sort fatal!
Charle vient de percer le flanc de son rival.

Vitikind brave encor ses coups... lorsqu'à sa vue,
A l'instant, ô merveille, étrange, inattendue !
Un char brillant, traîné par deux coursiers fougueux,
A traversé la plaine, et vers le roi des preux
Dirige son essor... Une jeune immortelle,
Debout, guidant le char, d'une voix solennelle,
Appelle Vitikind... Un nuage de feux
Environne la vierge; et son front radieux
Jette au loin, sur ces bords, des sillons de lumière.
Le pied de ses coursiers touche à peine la terre.
Le soldat devant elle ouvre ses rangs poudreux :
Elle vole... Sa vue éblouit tous les yeux;
Son voile diaphane est rejeté loin d'elle;
Son front est couronné de lis... et l'immortelle
Elève vers le ciel le signe révéré
Du culte des chrétiens, le crucifix sacré.

  Près des rois combattants, la céleste inconnue,
Comme un rapide trait, sur son char accourue,
Arrêtant du Saxon le bras encor levé,
S'écrie : — « O noble chef par le sort éprouvé !
» Il est temps qu'aujourd'hui la vérité t'éclaire :
» Cesse de résister au maître de la terre!
» Au favori du ciel !.. Vitikind! en ce lieu,
» Reconnois à la fin ton monarque et ton dieu!

    » Je t'apparus déjà*: j'étois ton bon génie;

    * Au saule de Vara, chant XVIII.

» Je te promis mon aide, et viens sauver ta vie.
» O Vitikind! du ciel vois en moi l'instrument !
» Charle en ami t'appelle, en père Dieu t'attend. »
    O prodige!.. A ces mots le monarque sauvage
Croit voir une colombe, entr'ouvrant un nuage,
Sur sa tête descendre... Une voix à l'instant,
Du haut des cieux répète : — « En père Dieu t'attend. »
    Ah! soudain de ses yeux tombe un voile funeste :
Vitikind reconnoît l'influence céleste;
Son cœur d'un nouveau feu sent les nouveaux effets.
Le chef se jette aux pieds du monarque français (2).
« — Prince! tu m'as vaincu : la Germanie entière,
» Sous ton joug désormais plîra sa tête altière;
» Le Nord sera par toi l'empire des chrétiens.
» Charlemagne, ton Dieu l'emporte sur les miens :
» L'univers est ton bien; le calme y va renaître;
» Les Francs et les Germains n'ont plus qu'un même maître;
» Fais cesser le combat, fais régner le pardon :
» Charle perd un sujet en perdant un Saxon. »
    Il dit : Charle attendri, dans une douce ivresse,
Relève Vitikind, entre ses bras le presse :
L'Eternel les bénit, l'enfer frémit d'horreur :
Vitikind est chrétien, Charlemagne est vainqueur (3).

    La déesse du char sourit à cette vue;
L'œil sur elle attaché, Charle l'a reconnue,

C'est Ulnara!.. Quel autre eût au sein des combats
Pacifié le monde, et sauvé ces climats!..
Il vole vers le char... mais déjà sur la plaine
Le char fuit... et des vents la caressante haleine,
Quand la vierge céleste échappe à son regard,
Lui porte ces seuls mots : PARTOUT ET NULLE PART.

FIN DU CHANT VINGT-TROISIÈME.

NOTES DU CHANT XXIII.

(1)   Tel on dit qu'autrefois dans le camp de Sylla.

On raconte que Marcus Lucullus, un des capitaines de Sylla, ayant à combattre près de la ville de Fidentia, dans le Parmesan, entre Parme et Plaisance, un ennemi très-supérieur à lui, n'osoit engager le combat, d'autant plus que la plupart de ses soldats étoient sans armes ; mais, comme il hésitoit de donner le signal, un petit vent doux s'éleva tout à coup, et enleva d'une prairie voisine une grande quantité de fleurs, qu'il porta sur les boucliers et les casques des soldats, où elles s'arrêtèrent et se placèrent d'elles-mêmes, si bien qu'ils parurent à l'instant couronnés de guirlandes de fleurs. Ce présage heureux enflamma tous les cœurs. Certain d'être victorieux, Lucullus chargea les ennemis, les défit, leur tua 18,000 hommes, et se rendit maître de leur camp. Ce Marcus Lucullus étoit le frère de ce Lucullus qui vainquit Mithridate et Tigrane. (Voyez *Plutarque*.)

(2)   Le chef se jette aux pieds du monarque françois.

Vitikind, héros à jamais célèbre, dont le nom se répète encore avec attendrissement dans les chants des modernes Germains, se dévoua enfin au salut de son peuple, en se remettant lui-même entre les mains de Charlemagne. Qui pouvoit mieux que le héros de la France, apprécier un trait d'héroïsme ? Saisi d'admiration, Charle garda le silence, admira, rougit de ses transports de fureur contre le chef des Saxons, et combla de bienfaits celui dont il avoit ordonné le supplice. Sensible aux procédés de son vainqueur qui le nomma duc d'Angrie et de Westphalie, Vitikind embrassa le christianisme, se dévoua à la France, et les deux héros, jadis rivaux, se lièrent d'une amitié étroite qui ne finit qu'avec leur vie.

(3)   Vitikind est chrétien...

Vitikind se rendit en France, suivi de ses principaux guerriers, pour y recevoir le baptême ; et l'Eglise l'a même placé parmi les Saints. (Voyez *Bibliot. Brit.* t. 37, p. 306.)

FIN DES NOTES DU CHANT VINGT-TROISIÈME.

CHANT XXIV.

Vainqueur des rois du Nord, l'élu de la victoire,
Sur les champs du Veser, resplendissant de gloire,
Vers leurs retranchements rappelant ses soldats,
Fait cesser le carnage et les derniers combats.
Seuls, quelques preux encor, sur la rive sanglante,
Se laissent emporter par leur fougue vaillante :
Tel, quand l'orage a fui, chassé par l'aquilon,
Au loin l'éclair encor sillonne l'horizon.

Les fils du Nord, les Grecs, les chefs de l'Allemagne,
Vaincus, tombent captifs aux pieds de Charlemagne.
C'en est fait, à la voix de l'homme du destin,
Sur les autels brisés d'Irmensul et d'Odin,
La croix du Dieu sauveur s'élève triomphante.
Rétablissant la paix où régnoit l'épouvante,
Des Français la victoire a comblé tous les vœux :
Du Nord Charle à jamais a chassé les faux dieux.
L'heureux triomphateur, que l'univers admire,
Vient enfin de fonder le colossal empire
Qu'affermiront encor ses bienfaisantes lois.
Nul prince désormais ne peut au chef des rois
Disputer plus long-temps la pourpre impériale.

Rome apprête déjà la pompe triomphale ;
Elle attend le héros ; le Veser est français ;
Et les nouveaux chrétiens sont ses nouveaux sujets.

Vers la fin du combat, Olivier sur la plaine,
Poursuivant l'ennemi que la frayeur entraîne,
Par sa manœuvre habile et ses efforts vainqueurs,
D'une jeunesse ardente efface les erreurs.
Mais hélas! quel spectacle à ses yeux se présente!
Le glaive d'un Français a frappé son amante :
Almanzine chancelle... et, sur son casque d'or,
Le sang coule... Olivier vole, et la sauve encor.
« — Insensible Almanzine! amante trop chérie!
» Pour la seconde fois j'ai pu sauver ta vie :
» D'un regard daigne au moins honorer Olivier! »
Il dit : mais vain espoir, détournant son coursier,
Almanzine, cachant le trouble qui l'oppresse,
Rebelle à ses désirs, rebelle à sa tendresse,
Du champ d'honneur s'éloigne... et, fuyant à regret,
S'enfonce, gémissante, au sein de la forêt.
Elle vole au hasard où son coursier l'entraîne :
Bientôt lasse, épuisée, au bord d'une fontaine
Elle arrête ses pas, sur le gazon descend,
Et, bandant sa blessure, elle étanche son sang.
Mais le tendre Olivier a suivi son amante ;
Il est à ses genoux... Déjà sa main tremblante

Aide à panser la plaie. — « Arbitre de mon sort
» Almanzine! dit-il, ordonne enfin ma mort :
» Ou deviens mon épouse, ou cette arme ennemie,
» Sous tes yeux, à l'instant, va terminer ma vie. »
     A ce pressant discours, émue au fond du cœur,
Levant sur Olivier des yeux pleins de douceur,
La guerrière soupire... Un amour si fidèle
De son âme a vaincu la fermeté cruelle :
Le plus doux abandon succède à la rigueur :
Almanzine attendrie accepte le bonheur.

     Cherchant de tous côtés le Bavarois perfide
Qui toujours le fuyoit, sur la plaine homicide,
Au loin Robert encor signaloit sa valeur;
Lorsqu'à la mort poussé par quelque dieu vengeur,
Devant lui, tout à coup, Tassillon se présente.
Robert s'est écrié d'une voix foudroyante :
« — Te voilà donc enfin !.. Dans ton sang odieux,
» Exécrable assassin! honte de tes aïeux!
» Je puis plonger mon fer !.. Blanche! amante outragée!
» Accepte ta victime, et sois enfin vengée ! »
A ces mots, furieux, tel que le tourbillon
Que la tempête suit, il fond sur Tassillon.
Le Bavarois se courbe ; et la lance ennemie
N'a frappé que les airs... Outré, le preux s'écrie :
« — Tremble! tu ne saurois m'échapper, roi pervers !

» Quand tu t'inclinerois jusqu'au fond des enfers. »
Alors du Bavarois, qu'il blesse et qu'il terrasse,
Un long ruisseau de sang inonde la cuirasse :
« — Arrête! dit le prince, à mon dernier moment,
» Le remords me poursuit... D'un secret important,
» Robert, je dois t'instruire. A son amour fidèle,
» Ta Blanche existe encor... Vole au fort de Casselle :
» Là languit ton amante au fond d'un noir caveau.
» Aux gardes montre-toi muni de cet anneau,
» Tous ils t'obéiront... Cours sauver ton amie!
» Mais du moins, quand je rends le bonheur à ta vie,
» Robert!.. pardonne-moi... pardonne-moi... je meurs. »
Il expire à ces mots. O transports enchanteurs!
Blanche existe!.. Robert au château de Casselle
Vole, arrive, pénètre, et son anneau fidèle
Surmonte chaque obstacle. Au fond d'un souterrain,
Conduit par deux soldats, inquiet, incertain,
Robert craint quelque piége, et déjà désespère;
Lorsque, ô bonheur! bientôt une clarté légère
Vers un cachot obscur a dirigé ses pas :
Robert ouvre... il s'élance... et Blanche est dans ses bras.

　　Précipitée au bas de la tour de Casselle,
Blanche n'avoit reçu nulle atteinte mortelle;
Et Robert, enlevé par les soins de Montfort,
Ignora constamment qu'au pied des murs du fort,
Tassillon descendu sauva Blanche expirante.

Heureux moments! Robert, aux pieds de son amante,
Robert se croit bercé par un songe enchanteur :
Il doute, il n'ose encor croire à tout son bonheur.
« —Blanche, est-ce toi?.. Quels maux a soufferts ta constance! »
« — Ah! ce beau jour efface un siècle de souffrance.
» Doux ami! maintenant vois ce cachot désert!...
« C'est le palais des dieux, j'y retrouve Robert. »
Elle dit : leur bonheur est pur comme leur âme ;
Et l'hymen, le jour même, a couronné leur flamme.

Du côté du couchant l'astre du jour baissoit;
Déjà depuis long-temps le calme renaissoit,
Quand Charle, couronné des mains de la victoire,
Pour l'amour, un instant, songe à quitter la gloire.
Par ordre du héros, quelques guerriers du camp
D'Ulnare avoient de loin suivi le char brillant.
Sur les bords du Veser une sainte chapelle
S'élève au fond des bois, sur la tombe d'Osnèle;
Là Charle apprend qu'Ulnare a reposé ses pas.
Sitôt que sur la plaine ont cessé les combats,
Le monarque, à l'amour comme à l'honneur fidèle,
Du côté du Veser vole au tombeau d'Osnèle.
L'église s'élevoit sur un roc sourcilleux :
Un groupe de cyprès la déroboit aux yeux :
Un escalier rustique, et taillé dans la pierre,
Conduisoit en tournant au temple solitaire;

Et du creux de la roche un ruisseau jaillissant,
Formant une cascade, écumoit en tombant.
Déjà rongeant les murs, croissant entre les pierres,
La mousse s'enlaçoit à des forêts de lierres;
Et dans la douce paix de cet auguste lieu,
Une sainte tristesse élevoit l'âme à Dieu.

Seule, sur l'autre rive, une antique colonne,
Monument isolé, qu'un désert environne,
Au loin s'offre debout... ainsi que d'un grand cœur,
Dévasté par le temps, flétri par le malheur,
S'élève encor parfois une grande pensée.

D'un conquérant célèbre, ancien roi d'Odinsée,
Ce brillant obélisque est l'arrogant cercueil.
Des rois du monde, ainsi tout vient nourrir l'orgueil :
Des os de leurs pareils séparant leur poussière,
La mort couronne encor leur vanité dernière;
Et quand du courtisan meurt avec eux la voix,
Les tombeaux même encor veulent flatter les rois.

Sous l'horizon descend l'astre de la lumière :
Bientôt Charle parvient au rocher solitaire;
L'oiseau funèbre y plane... Un brouillard nébuleux,
S'amassant sur la plaine, obscurcissoit les cieux;
Et seule, vers l'Ouest, une ligne rougeâtre
Des morts, en feux sanglants, éclairoit le théâtre.

Soudain un vent sinistre, élevé sur ces champs,
Au loin porte les cris des guerriers expirants.
Sur les monceaux de morts dont se couvre la plage,
Semble planer joyeux le démon du carnage,
Prêt, du haut de son trône, à ceindre d'un laurier
Les illustres bourreaux de tout ce peuple entier.

Sur les degrés du mont Charle étonné s'arrête :
Un cri continuel, et que l'écho répète,
A travers les cyprès, semble en sourde clameur,
Venir le dénoncer à l'autel du Seigneur.

Alors un voile épais vient obscurcir sa vue :
Du champ d'honneur, que couvre une sanglante nue,
Sort une voix plaintive... Et le roi des vaillants
De sa patrie en pleurs croit ouïr les accents.
« — Charle! entends les sanglots que m'arrache ta gloire!
» Dit-elle : que d'enfants m'enlève ta victoire !
» Plus tes exploits sont grands, plus je les trouve affreux;
» Ah! la victoire même est un fléau des cieux.

» Au nom de mes enfants! Charle, qu'à ma prière,
» La paix, fille des cieux, redescende à la terre!
» Gloire des tiens, n'en sois que l'heureux bienfaiteur!
» L'Europe retentit du bruit de ta valeur;
» Oh! fais-la retentir du bonheur de la France!
» Le monde à tes genoux adore ta puissance;
» C'est assez pour ton nom, pour moi seule c'est peu :

» Vaincre est d'un conquérant, pacifier d'un dieu.

  » Tes lauriers éclatants, que l'univers admire,

» Te couronnent du sang des preux de ton empire;

» Et quand je perds un fils, Charle, tu perds un cœur!

» Cruel! l'ambition, des crimes est la sœur :

» Elle semble conduire à la gloire... Et l'abîme,

» Au pied du temple même, aspire la victime. »

  A ces mots, dans les airs, en sanglots convulsifs,

La voix semble se perdre... et quelques sons plaintifs

Seuls parviennent à Charle : — « O nation chérie!

» S'est écrié le prince; ô France! ô ma patrie!

» La paix fut le seul but de mes vastes travaux :

» J'éloignai de ton sol la guerre et ses fléaux :

» Va, tes vœux sont les miens; mais, armé du tonnerre,

» C'est pour mieux l'affermir que j'ébranlai la terre. »

  Un soupir douloureux de Charle cependant

Décèle les regrets, atteste le tourment :

Vainement il combat le trouble qui l'égare;

Un noir pressentiment de son âme s'empare :

Il monte au temple saint... Ses ténébreux degrés,

Ses murs mystérieux par le temps délabrés,

Les funèbres oiseaux de la rive sauvage,

Tout semble de la mort lui présenter l'image.

  A la porte du temple arrive le héros :

Il entre... Dieu lui seul pourra calmer ses maux.
Dans l'enceinte une lampe, et pâle et solitaire,
Eclairoit foiblement le fond du sanctuaire;
Son œil y cherche Ulnare... A droite est un caveau :
Quel objet le premier s'offre à Charle?.. un tombeau!
Troublé, le roi s'avance : au milieu de l'église...
D'un brasier presque éteint une flamme... ô surprise!
Soudain jaillit... et brûle un objet inconnu...
Sur le parvis sacré Charlemagne a couru...
Dieu! quel effroi mortel du monarque s'empare!
Que dévorent ces feux?.. les vêtements d'Ulnare,
Ses guirlandes de chêne et sa faucille d'or,
Des prêtres d'Irmensul le plus rare trésor,
Le gui mystérieux... et, brûlante, rompue,
De la sœur d'Apollon l'élégante statue.

Ulnare en ce brasier a-t-elle aussi péri?..
Levant les yeux, le prince, à l'instant devant lui,
Voit sur le grand autel, au fond du sanctuaire,
Ces fatals mots inscrits : « *La fille du mystère,*
» *La Druïde n'est plus !* » Le roi, saisi d'horreur,
N'en peut croire ses yeux, pousse un cri de terreur;
Et tombant à genoux, désespéré, s'écrie :

« — Ulnare! entends ma voix! doux charme de ma vie!
» Pour moi, sans ta présence, est-il des jours heureux !...
» Dieu puissant! qu'as-tu fait de la fille des cieux?
» Oh! réponds!.. Prends pitié de ma douleur mortelle!

» Rends-la-moi!.. — La voici! » Dieu! quelle voix!.. c'est elle!

L'autel cachoit Ulnare aux yeux du roi des preux.

Dissipant sa terreur et ses tourments affreux,

Ulnare est dans ses bras... O surprise nouvelle!

Ce n'est plus la Druïde à Diane fidèle;

Ce n'est plus la prêtresse amante des faux dieux,

Enchaînée aux autels par de funestes vœux;

Ce n'est plus l'invisible et sauvage païenne,

Que le merveilleux suit, que la démence entraîne :

La Druïde n'est plus; Ulnare est en ce lieu

L'épouse du héros, et l'amante de Dieu.

« — Ulnare! chère Ulnare! ô toi que Charle adore!

» Dit le roi, qui pourroit nous séparer encore!..

» Au pied des saints autels viens recevoir ma foi!

» Ulnare, pour toujours, viens jurer d'être à moi!

» Le trône et le bonheur attendent mon amie;

» Par le ciel, en ce jour, mon Ulnare est bénie :

» Rien ne peut désormais s'opposer à nos vœux!

» Ulnare, ange adoré, nous serons donc heureux!.. »

Il dit : dans l'avenir il ne voit qu'allégresse;

Et ne s'aperçoit pas, aux pieds de sa maîtresse,

Lui promettant la gloire et le sceptre à sa cour,

Que c'est sur un tombeau qu'il lui parle d'amour.

Charle contre son cœur presse sa belle amante;

Mais Ulnare est en pleurs... Son Ulnare est tremblante...

« — Charle! ô mon bien-aimé! dit-elle avec transport,
» Mon bonheur est trop grand, je n'ose y croire encor.
» Quand j'eus du champ d'honneur disparu... ce soir même,
» Au pied de cet autel, l'eau sainte du baptême
» Sur mon front fut versée... Un vieillard inconnu,
» Mystérieux esprit, à ces bords apparu,
» Portant le nom d'*Enulphe*, et pasteur des fidèles,
» Ici m'ouvrit des cieux les portes immortelles.

   » Mais Charle!.. au même instant la vierge des forêts,
» De tout pouvoir divin dépouillée à jamais,
» A cru voir l'univers disparoître pour elle,
» Et le ciel réclamer la chrétienne nouvelle.

   » Druïde... Ulnare ici n'eut d'autre dieu que toi :
» Chrétienne... un nouvel être agit et règne en moi.
» Jadis!.. sur toi planant en céleste génie,
» Ephémère lueur, j'ai passé sur ta vie;
» Aujourd'hui!.. quand ma main, au pied de ces autels,
» Brûloit d'un culte faux les signes criminels,
» J'ai tracé par ces mots, *La fille du mystère,*
» *La Druïde n'est plus...* mes adieux à la terre.

   » Cessant d'être païenne, oui, Charle, j'ai senti
» Mon existence éteinte, et mon rôle fini.
» Non, l'instrument des cieux n'est point fait pour la terre...
» Ulnare n'apparut, étoile passagère,
» Que pour servir ta gloire, et n'a plus aujourd'hui
» Qu'à remonter au ciel qui la rappelle à lui.

» A mes yeux étonnés tout a changé de face :
» D'amour quoique brûlante, un froid mortel me glace...
» Mes regards sont voilés, mes pas sont chancelants;
» Je me sens affoiblir de moments en moments;
» L'existence m'échappe... Et pourtant ton Uloare,
» Malgré le trouble affreux qui la suit, qui l'égare,
» Jamais n'a mieux connu l'ivresse du bonheur;
» Jamais autant d'amour n'a fait battre son cœur. »
    Elle dit : vers l'autel Charlemagne l'entraine :
Par de nouveaux serments il va serrer sa chaîne,
Lorsqu'un bruit sourd l'arrête... O prodige nouveau!
L'autel, à ses regards, se transforme en tombeau :
La voûte, le parvis, les murs, le sanctuaire,
Se tapissent soudain d'un long drap mortuaire :
Le fond de l'autel tombe... Et Charle, avec horreur,
De ces enchantements voit paroître l'auteur :
C'est Léonore! ô ciel!.. Telle parut Médée,
Quand de retour du Styx, des démons possédée,
La cruelle, entassant des crimes inouïs,
Incendioit Corinthe, et massacroit ses fils.
    Au prince s'adressant : — « Charle! dit la perfide,
» Tu ne seras jamais l'époux de ta Druïde :
» J'ai prévu ton hymen, et mes dons étoient prêts :
» Cet autel est sa tombe... Ecoute mes forfaits!
» Toi seul en dois porter le poids épouvantable;
» Tu les a tous causés; oui, toi seul es coupable.

» Ma rage est assouvie, et tu vas, en ce jour,

» Par ma vengeance enfin juger de mon amour.

   » Sous l'armure d'un preux, sur la rive homicide,

» Du fort de Clodbérant j'enlevai ta Druïde :

» Sous la forme d'Ildhère, oracle révéré,

» Je lui portai moi-même un poison préparé,

» Pour finir à la fois et sa vie et ses peines :

» Le breuvage fatal a coulé dans ses veines;

» Et moi-même au tombeau je descends sur ses pas,

» Par le même poison et le même trépas. »

A cet affreux discours : — « Grand Dieu! s'écrie Ulnare,

» Eh quoi! c'est maintenant que la mort nous sépare!..

» Charle! qu'ai-je entendu! quel horrible trépas!

» Voici l'autel d'hymen!.. Et je meurs dans tes bras!.. »

   Elle dit : et sa voix sur ses lèvres expire...

D'épouvante glacé, le héros de l'empire

Saisit, entraîne Ulnare : — « Ah! de ce lieu cruel

» Fuyons! un prompt secours peut d'un poison mortel

» Prévenir les effets, fuyons... — Vaine espérance!

» Dit l'élève d'Orsmin; quelque soit sa puissance,

» De ce portail fermé nul ne sauroit sortir;

» Monstre! tout est prévu... Tu dois nous voir mourir. »

   A ces mots effrayants Léonore chancelle :

Par des convulsions la mort s'empare d'elle :

Elle tombe... Elle meurt. Ses traits, jadis si beaux,

Déjà décomposés, font horreur aux tombeaux.

Non loin du corps glacé de ce monstre barbare,
Le monarque éperdu tombe aux genoux d'Ulnare...
« — Charle! adieu! lui dit elle, adieu donc pour jamais!..
» Rappelle-toi ces mots du barde des forêts :
» *Et toi, vierge gauloise! hélas! sur cette terre,*
» *Aurore boréale, et comme elle éphémère!*
» *Ton anneau nuptial est tombé de l'autel.*

 » Charle! soumettons-nous aux volontés du ciel!
» Sur ce globe étranger, où j'ai passé si vite,
» Je n'ai vu que toi seul, c'est toi seul que je quitte.
» Vivre étoit le néant, quand je vivois sans toi;
» Il n'est donc qu'un regret, qu'un souvenir pour moi...
» Digne de toi du moins, quand le ciel nous sépare,
» Je meurs chrétienne... Adieu!.. Ne pleure point Ulnare. »
 Elle dit : dans les bras du héros des Français,
Ulnare s'est penchée... et s'endort pour jamais.

 Accablé de douleur, et glacé d'épouvante,
Charle au pied de l'autel dépose son amante;
Quand la voûte s'entr'ouvre... Et sur un char de feux,
Apparoit au monarque un archange des cieux.
Du milieu des éclairs la foudre à l'instant tonne :
De la pompe de Dieu l'archange s'environne :
Son regard lance au loin des feux étincelants,
Semblables, dans les airs, à ces rayons brûlants,
Qui, dardés du soleil élevé sur les ondes,

Traversent tout à coup l'immensité des mondes.

L'ange avec majesté descend d'un ciel serein :
Une auréole ardente orne son front divin :
D'un nuage pourpré, cet astre de lumière
Couvre les saints parvis, voûte le sanctuaire ;
Et les zéphyrs joyeux, dirigeant son essor,
Font sur lui doucement flotter ses ailes d'or.

Ainsi, dans Nazareth, ce céleste génie,
Par ordre du Seigneur, apparut à Marie ;
Lorsqu'il vint lui promettre, au nom de l'Eternel,
Un fils... divin sauveur de tous les fils du ciel.

L'envoyé du Très-Haut au monarque s'adresse :
« — Charle! oublie à jamais Ulnare et sa tendresse!
» Egide protectrice, instrument merveilleux,
» Ulnare, comme un songe, apparut à tes yeux,
» Et disparoît de même... O vainqueur de la terre!
» Ecoute maintenant!.. Tout prince sanguinaire
» Est en horreur au ciel : si ton glaive en ces lieux
» N'eût servi le vrai culte, et brisé les faux dieux,
» Ce sol eût dévoré les enfants de la gloire.

» Le Dieu des souverains t'assura la victoire :
» Borne ici tes exploits, ou tremble!.. Un conquérant
» S'entr'ouvre, à chaque pas, l'abîme qui l'attend ;
» Et, lassé tôt ou tard des triomphes du crime,
» Du bourreau des humains le ciel fait leur victime.

» Mais ton Dieu te protège, ô monarque puissant!

» Je vois Rome t'offrir le sceptre d'Occident :

» Déjà de l'univers t'attend la métropole :

» Monte, nouvel Auguste, au nouveau Capitole !

» Là, chef des nations, maître de tes égaux,

» Parmi des flots d'encens, sous des arcs triomphaux,

» Va recevoir des mains du pontife suprême

» Des Césars éclipsés l'antique diadème !

   » Puis, vainqueur de la terre, au monde rends la paix !

» Et l'heureux Charlemagne, empereur des Français,

» Tel qu'un phare élevé, planant sur les orages,

» Eclairant l'avenir, perçant la nuit des âges,

» Sera par ses vertus, comme par ses exploits,

» La gloire de la France, et l'exemple des rois. »

   L'archange, à ce discours, remonte vers la nue.

Mais quel moment pour Charle !.. Aussitôt à sa vue

Un nuage argenté vient, descendant du ciel,

D'Ulnare inanimée, au pied du saint autel,

Lui dérober l'aspect... Une douce harmonie

A charmé tout à coup son oreille ravie :

Il croit entendre au loin, portés par les zéphyrs,

Les sons aériens, mélodieux soupirs

D'une harpe céleste... Ah! la cour immortelle

Chante sans doute Ulnare et sa gloire éternelle.

Le nuage divin, remontant vers les cieux,

Se colore, s'entr'ouvre, et présente à ses yeux,

Sous les voiles légers d'une vapeur magique,

Les traits aériens, l'image fantastique
De la vierge adorée... O destin merveilleux !
Ulnare lentement s'élève vers les cieux,
Le front ceint d'un bandeau d'étoiles rayonnantes :
Autour d'elle, embaumé de vapeurs odorantes,
L'air ravi, balançant des sons mélodieux,
Porte Ulnare en triomphe aux pieds du roi des cieux.

     Sur le héros français la céleste immortelle
Jette un dernier regard. — « O Charle! lui dit-elle,
» Je suis heureuse... Adieu. La vierge des forêts
» Sur toi, sur ton bonheur veillant plus que jamais,
» Dans le ciel te précède, et monte pour t'attendre.
» Si, parfois, sur la terre Ulnare peut descendre,
» Protectrice fidèle, évitant ton regard,
» Elle sera toujours PARTOUT et NULLE PART. »

FIN.

NOTES DU CHANT XXIV.

(1) .... La Veser est française.

Les historiens du temps parlent beaucoup de la victoire brillante, remportée par Charlemagne sur les bords du Veser. Charle avoit commencé la campagne par la prise d'Eresbourg, et la destruction du temple d'Irmensul. Les Saxons furent vaincus ; mais ce ne fut qu'après avoir combattu avec toute la valeur et toute l'obstination du désespoir.

FIN DES NOTES DU CHANT VINGT-QUATRIÈME ET DERNIER.

ERRATA.

TOME I.

Pag. 39, lig. 15, après les mots *non soumis*, mettez une virgule.
    64,   10, *lorsqu'ils apprirent*, lisez *lorsqu'ils apprennent*.
   107,   13, après les mots, *en soupirant*, mettez une virgule.
   162,   22, *auprès des géants*, lisez *au pays des géants*.
   163,   19, lisez *autre mot*.
   231,   14, *seul est*, lisez *seul reste*.
   237,   10, *inexplicables*, lisez *inexplicables*.

TOME II.

   132,   15, *toi seul est*, lisez *toi seul es*.

PLAN FIGURATIF DES LIEUX OU SE PASSE L'ACTION DU POËME DE CHARLÉMAGNE

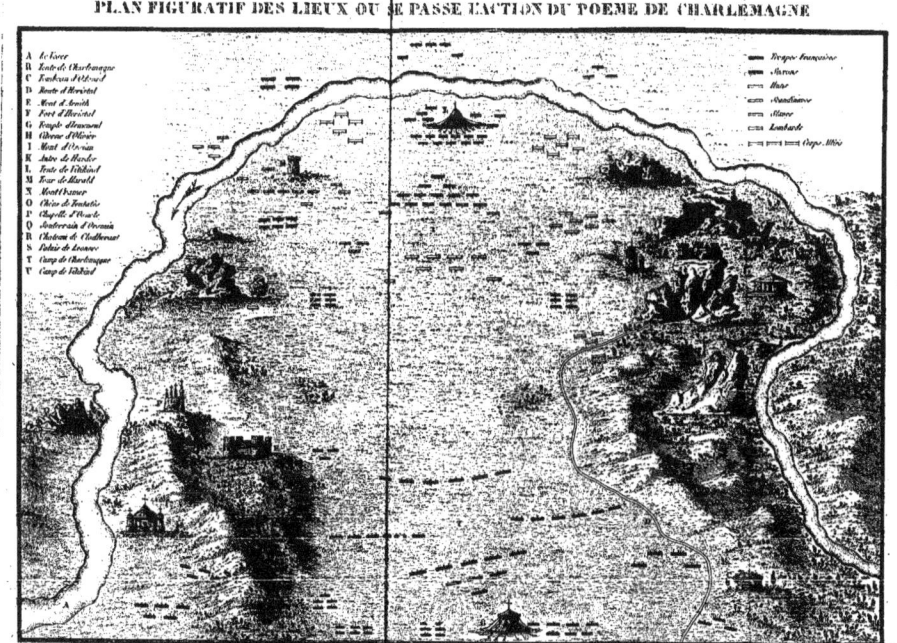

A *le Gave*
B *Tente de Charlemagne*
C *Tombeau d'Olivier*
D *Route d'Héristal*
E *Mont d'Arnülh*
F *Fort d'Héristal*
G *Temple d'Irmensul*
H *Glaive d'Olivier*
I *Mont d'Olivian*
K *Antre de Harold*
L *Tente de Vitikind*
M *Tour de Harold*
N *Mont l'hazur*
O *Chêne de Tentation*
P *Chapelle d'Ursule*
Q *Souterrain d'Ursunie*
R *Château de Clodhenat*
S *Palais de Leonce*
T *Camp de Charlemagne*
V *Camp de Vitikind*

—— *Troupes françaises*
—— *Saxons*
—— *Huns*
—— *Scandinaves*
—— *Slaves*
—— *Lombards*
—— *Corps Allies*

Gravé par Blondeau Graveur du Roi, et Premier Graveur au Dépôt de la Guerre.   *Dessiné par le Vte d'Arlincourt*

www.ingramcontent.com/pod-product-compliance
Lightning Source LLC
Chambersburg PA
CBHW071817020726
47502CB00004B/1147